05

All about Love

05

All about Love

I'll understand if you leave.

我們之間，
隔著
名為愛情的距離

05 —— All about Love

by Sophia

01

客觀的來說他的確是相當精緻的男人，並不能簡單說是帥氣或是性格，就是精緻卻又不能稱上美麗，大概就是放在任何一部電影或是雜誌中都會引人注目卻又不女性化的那類型。

我談過三次戀愛，失戀過四次。

多出來的那一次是單戀一個國小的同班同學。

剛剛才吃過的早餐很容易就忘記鮪魚三明治裡到底有沒有加洋蔥，但每段戀情總能記下一些細節；就像是花了大錢又花了時間到一間餐廳用餐，不論是因為料理太難吃而感到心痛，或是因為太過美味而湧生幸福感，都會留下某些能夠在往後提起的部分。

而在過程中人們通常會對店家產生評價，就像網路上流行的分數或者星星數一樣，在我們心中也會對每段戀情的對方暗自給予評價，雖然知道無法比較每個人，而事實上也無法被客觀評分，但其實每間店家也都截然不同啊。

就算是愛情也講究便利性的。

總之我們所評價的是集體認為最重要的那些環節，例如美味程度、餐廳整潔、服務態度或是特別性之類，偶爾有個人的特殊喜好，還有一欄能夠自由發揮的心得欄，可以註記一些細節：例如A男喜歡園藝可以和爸爸聊得來，或是B女堅持不生小孩恰好符合自己的生涯規劃……

演變到最後，只要有客人就會有評價，因為不可能每間店都去嘗試吧，所以有其他人經驗是很有幫助的吧。

雖然偶爾會產生希望自己是第一個發現的人這種念頭，但參考評價這件事的確是節省相當多心力。

恰巧他是一個評價不好的男人。例如服務態度不佳之類的。

但某些時候顧客很容易因為料理美味或是有特色而忽略某些缺點，漸漸的培養起一群忠實顧客之後，一不小心店家就從態度不佳進階到了態度惡劣，然而在顧客的眼中，「態度不佳」這件事也逐漸成為一種特色。

嗯、說著「雖然那家店的態度不是很好，但是料理真的很棒」。

和起初的「雖然料理很棒，但那家店的態度不是很好」，位置只是微妙的不同，卻完全體現了顧客的心思，因為喜歡啊，所以那些態度不好甚至是上菜速度慢都可以忍受，就只是因為很想吃這家店的料理。

太過完美的店家實際上並不是那麼容易遇到的吧。

當然每個人對各個評價向度的重視程度不一，抱持著「因為這家店的服務態度不好，所以不管再好吃我都不會光顧」的人也不在少數，但在愛情裡，這些順位是浮動的，可能為了A棄守了原則，想著「服務態度不好是可以改變的吧」或是「其實也沒有那麼糟糕啦，至少他懂料理」；然而在面對B時，又有可能堅決的固守，「無論如何我都不會讓步」接著拒絕了這段戀情。

總之，至少男人在愛情裡遇見的女人都是前者，也就導致他從態度不佳暢行無阻到了態度惡劣。

我遇見他的時候，他就已經是一個態度惡劣的男人了。

但其實跟我一點關係也沒有，或許也不能這麼說，確切一點來說是沒有直接關係。喜歡上他的是我表姊。

□

第一次見到他是在深藍。

那是一個能夠清晰看見他的位置，表姊拉著我坐下的時候，還刻意避開直對他的位置，於是在剛坐下才抬頭的瞬間就和他對上了眼，他毫無感情的撇開視線，繼續他擦拭杯具的動作。

不必很用心就能發現，這間店大多數的顧客都是女性，在我和表姊坐進這張桌子時還引起不少隱微的注視。這張桌子實在太過招搖。

也不用特別注意就能知道整間店的服務生都是男性，因此在顧客與店員之間瀰漫著相當微妙的氣氛，彷彿只要不小心放進了一個女服務生，就會讓整個平衡完全瓦解一般。

真是間莫名其妙的店。

隨便點了一杯蘋果汁，既然菜單上有蘋果汁這個選項，為什麼點了之後服務生就以一臉「妳是不是有問題」的表情看著我，不喝咖啡就不能進咖啡店嗎？

更何況如果不是表姊我根本不會走進這間店。

表姊點了一杯拿鐵，服務生轉身前又看了我一眼，說不定打烊之後就會立刻召開修改菜單的會議，把所有跟咖啡無關的飲料從菜單裡刪除。

「妳有看到他嗎？」

「看到了啊。」一覽無遺的絕佳位置。所有女性顧客渴望而不敢趨前的位置。絕對無法忽視他的位置。

「跟我說的一樣吧。」表姊露出得意的笑容，「他真的很帥吧，而且咖啡又煮得好。」

我毫不猶豫的將視線投注在他的身上，似乎是已經習慣眾人的注視，他的動作絲毫沒有受到影響，反倒是我毫不遮掩的目光引起了店內氣息的流動，幾乎所有顧客都是為了他而來的我想；這樣的情況下，哪個人還能判斷出咖啡好不好喝？

在見到他之前他的形象已經藉由「聽說」相當具體，當然來源是絕對偏頗的表姊，總之他是深藍、這間店的咖啡師，服務生似乎稱呼他阿磊，除此之外都是問號。

越神秘的角色越容易讓人錯誤信仰，說不定這是一種經營策略。

客觀的來說他的確是相當精緻的男人，並不能簡單說是帥氣或是性格，就是精緻卻又不能稱上美麗，大概就是放在任何一部電影或是雜誌中都會引人注目卻又不女性化的那類型，在沒有任何資訊僅能以外在作為評斷標準的情況下，相當容易理解這間店裡的結構關係。

簡單的來說就是將他作為中心。

從走進深藍到蘋果汁都喝了一半，他的嘴角連一個弧度都沒有勾起，像是說著「我的工作只有煮咖啡跟清潔杯具，服務是服務生的責任」，然而就只是因為他的長相而全然被原諒，就像是表姊說的「他真的好有個性」，但是我怎麼看就是服務態度惡劣。

到底為什麼我非得坐在這裡邊看著他的冷臉邊承受四周眼光又邊喝著蘋果汁不可？

「是長得很好看，然後呢？」

「沒有然後啊，因為妳每次都一臉我在誇大的表情，只是想證明阿磊真的很帥。」

總之就是崇拜者想宣揚偶像的光輝。

「而且，」表姊突然壓低聲音並且將身體傾向我，「聽說他現在沒有女朋友。」

□

「欸，妳知道深藍嗎？那間咖啡店。」

「嗯。上次跟我表姊去過。」

「那妳有看見那個咖啡師吧，聽說他是潔安的男朋友耶。」

又是聽說。

但是琳亞的聽說和表姊的聽說走的是截然不同的方向。

我看著對方像是在分享天大秘密的模樣，其實我並不是很想聽，但基於道義關係我總是會安靜的聽完，或許正是因為我從來不追問也不會露出不耐煩的表情，所以時常有人和我「分享秘密」。

雖然我真的一點興趣也沒有。

偶爾會有A和B在不同時間點跟我分享同一個秘密但版本全然不同，或是C像是發現新大陸一樣偷偷告訴我其實早就翻過好幾輪的消息，但在不同關係圈裡指涉到同一個人物並且是主角這是第一次。

「潔安四處炫耀，但從來沒有人見過他們在一起，而且要她帶大家過去深藍她也不肯，所以也有人覺得她是在說謊……但有必要說這種謊嗎？」

我想潔安大概沒有說謊。但通常這種時刻我只負責保持沉默。深藍就在我常去的書店附近，曾經看過一次潔安在巷子和他說話的畫面，當然我並沒有多停留，但大抵窺見了他果然是根本性惡劣的男人。

「我知道你不喜歡我來店裡找你，但是你感冒還沒好，所以我就煮了一點湯帶過來給你……」

「回去。妳再來第二次就分手。」

「阿磊……」

接著他就冷酷的轉身從後門走進深藍，留下提著湯落寞的潔安。

大概是哭了吧我想，但女人的自尊不容許任何安慰出現在這種場合之中，更何況潔安是屬於那種中心型的亮眼女孩，再說我和她也只是「知道彼此」的程度罷了。

「但是最近潔安看起來狀況不是很好，說不定早就已經分手了，只是妳知道，那種男人很難讓人放手吧。」

我不知道。因為我根本不會抓住像他那種男人。

□

我又見到他。

雖然說人生可以說是由一連串巧合堆疊而起，但通常不喜歡的巧合往往大於令人愉悅的巧合，而他掃了四周一眼，接著就筆直朝我身邊走來，然後坐下。

座位到處都有為什麼非得挑我旁邊的空位不可？

這是在露天廣場的小型樂團表演，但他的搶眼程度絲毫不比樂團遜色，連帶的我也成為許多女人注視的目標，剩餘的那麼多空位，相鄰而坐的我和他很輕易就會被圈劃在一起。

他們是一起來的嗎？

空氣中瀰漫的就是這樣的問號。

「只有這裡能坐人。」

如果不是自言自語那麼他就是在和我說話。

「你說什麼？」

「妳對我沒興趣吧，我是來聽音樂不是來應付女人的。」大概是說挑誰的身邊坐都麻煩，但獨自坐在沒人的區域又隨時都可能有主動的女人趨前吧。

「你也太有自信了。」

「妳沒看見那些人的眼神嗎？」他轉過頭面向我，輕蔑的勾起微笑，「就只是為了這張臉。」

惡劣的男人或許也有他惡劣的原因，然而並不是我想花力氣去了解的部分，「是嗎。」

和他沒有繼續談話，表演結束之後連再見也沒有說，最好不要再見，我是這麼想的。

□

再見面的時候我終於知道，他除了根本性的惡劣之外，還是個任性妄為的男人。

「你到底是怎麼找到我的？」瞪視著不該出現在這裡的他，要不是連認識都稱不上我一定會扯起他的衣領。

「店裡有個服務生好像是妳學弟之類的。」

關於他的話題才剛從我的生活圈淡出，沒想到他就親自闖了進來。

才剛到午休時間不久，和琳亞正想著午餐要吃些什麼的時候，他就毫不客氣的踏了進來，親暱的說著「我來帶艾珍去吃午餐」，天知道我跟這個男人根本是兩個世界的人；但在眾人的目光之中，我只能跟著他走了出來。

當然包含了潔安的目光。

「你到底想做什麼？」

「妳沒有男朋友吧。」

「沒有又怎麼樣？」

「那就借我當女朋友一陣子吧。」

「我為什麼非得要聽一個陌生人說這些莫名其妙的話？」

「上次說過了，因為妳對我一點興趣也沒有。」他直直的注視著我，「我已經厭煩了那些不斷靠過來的女人男人，愛情遊戲也玩膩了，至少在妳眼裡沒有出現任何愛意或是目的性。」

「我為什麼非得被你扯進這個謊言不可？抱歉，我一點興趣也沒有。」

說完我就轉身準備離開，才剛抬起腳步他的聲音就清晰的傳來，「聽說妳的前男友劈腿，然後選了對方。」

我回過頭用力的給他一巴掌，「不關你的事。」

上下起伏的胸口，灼熱的觸感還殘留在右手掌心，我很少這麼失控，然而前男友是誰都碰不得的傷口，不管是誰都不曾在那之後提起那個人，像是從來沒有發生過一樣，那兩年的戀情就如同被挖空一樣，抹去記憶的同時也掏空了我的生命。

他沒有任何反應，連伸手撫摸自己的臉頰也沒有，「我不是很適合用來報復那個男人嗎？反正就是相互利用，我不會愛上妳，妳也不會愛上我。」

「我沒有想過要報復他。」

我的聲音我的身體我的心思都在顫抖，當初他只留下一句「她比較適合我」就丟棄了整整兩年的愛情，不、是丟棄了我。

打從一開始我就很清楚，他始終在尋找一個比我更好的女人，至少是能滿足他虛榮心的女人。新歡是那種帶出去必然會引起話題的類型。

他緩慢的走近我，「報復有時候是讓傷口癒合最快的方法。」

「我不會再見到他了。」

「妳只是在避開他吧。該被責罵的是他，為什麼妳要像是做錯事的小孩呢？」

「你根本什麼都不知道。」他憑什麼說這些話？

「連妳學弟都知道的事情。」他絲毫不留情的繼續，「而且那男人好像還散播了不是多好聽的流言。」

當然這些流言或多或少也傳進了我的耳中。縱使不會有人在我面前提起，然而我的生活圈並不是很大，加上那個人是個社交型的男人，因此關於「都是她黏上來的」、「從來沒有喜歡過她啊」或是「那種女人根本帶不出門吧」這類的話語依然從任何可能的縫隙流了過來。

那個人太過善於用貶低他人來拉抬自己的身價。

尤其是像我這種從來不會站出來說話的人更是適合的對象。

都已經快要從腦中驅逐出去了，為什麼他可以這麼輕鬆的毀壞我的所有努力？只是為了他不想再應付其他人的愛情？

那是他的人生，跟我一點關係也沒有。

「為了達到你的目的，就可以這樣揭露別人的私事嗎？」

「跟那男人比起來，我的惡劣連十分之一都不到吧，更何況，」他扯開了一個殘忍的微笑，「妳沒有愛上我。」

最後我成了他名義上的女朋友。

他帶著淺淺的微笑說著「那個不喝咖啡的女人是我的真愛」，在他的要求之下這場戲必須演到只有演員才知道是戲的逼真程度，所以我也勉強揚起嘴角說出「我也不知道愛情為什麼來得那麼突然」。

我的確是愛過那個人，也因此他才會成為這麼難以痊癒的傷口。

分手之後的一年多來，他高調的宣揚和新歡的戀情，並且毫不避諱的貶抑和我的過去；我很清楚自己已經不愛他了，但也沒有接受新戀情的預備，於是在他的渲染與他人的附和之下，我便被貼上了「忘不了他的女人」這張標籤。

楊修磊相當確實的踩上了最痛的那個點。

與其說是為了報復那個人才答應楊修磊無理的要求，事實上是太想撕下「忘不了前男友的女人」這張標籤。

「艾珍，妳不是對阿磊一點興趣也沒有嗎？」

看著激動的表姊，在不能說出事實以及一股搶奪她喜歡的人的愧疚感之後，突然湧生「難道我的愛情比不過妳偶像崇拜的破滅？」的念頭，有種悲哀感在體內緩慢的蔓延，楊修磊的出現讓我意識到始終不願面對的事實。

一直以來他們都在我身上索取他們想要的，但從來就沒有給我任何我所需要的。

我總是扮演著安分又不起眼的角色，所有的表現都恰好落在中間地帶，不會突出的讓人感到壓力，也不會低下的讓人不願靠近，正是因為這種平庸使他們感到安心，無論是幾個親近的朋友、年紀相仿而感情比較好的表姊，或是交往過的男友，並不是不在意我，然而我明白在他們的眼中，我始終不是特別的。

「艾珍？」

「這種事情很難說吧，我自己也沒有預料到。」

謊言比我預期的還要輕易，說不定我已經掉進了楊修磊設下的陷阱，但就算是陷阱，至少能看見一點可能性，至少、能進行一點逃脫自我的試圖。

「你們到底怎麼會在一起？不是根本沒機會碰面嗎？」

「之前去聽樂團表演的時候遇見的，他記得我有去過深藍，就聊了起來，交換了聯絡方式之後就慢慢熟了。」

我和楊修磊當然編製了一套合理的說詞，在故事之中的我是被王子注意到的平凡女孩，雖然朋友們會帶著狐疑的眼光，然而在偶爾他出現在公司陪我一起外出午餐之後，這個故事在他們的心中就已經不是虛構了。

雖然說，他們開始相信王子只是一時興起。

「就是因為妳嗎？」

「妳說什麼？」潔安站在我面前，比起氣憤更適合用悲哀來形容，她握緊雙手，很快的

我想起楊修磊，「他說他跟每個人都結束了，我們才在一起的。」

「他從來沒有主動提起哪個女人。」潔安看著我，沉默了好幾秒，「到底是為什麼

……」

因為這只是一個謊言。

02

有沒有玩過閉眼睛走直線的遊戲？張開眼睛的時候只要發現自己站在畫好的那個圓裡，就認定自己很厲害的走了直線，根本就不會去想『說不定是歪七扭八走著碰巧停在圈圈裡』，所以說只要看到最終站立的那個點，之前走的路啊記憶什麼的，一點都不重要不是嗎？

「聽說妳交了新男朋友？」

孟辰偉站在我的面前，大概是刻意來的，突然感覺他也不過就是個悲哀的男人，必須依藉他人的悲慘來膨脹自己的自尊，一直以來他所踩踏的我跳離了他的腳下，於是他便像踩空一般，急欲找回腳下的高台。

所以我的愛情，也不過就是用以填補他自尊的棉花罷了。

「為什麼不說話？難道說那個男人是連說出口都覺得困難的類型？妳也不用這樣勉強自己吧。」

「我沒有必要跟你報告這些吧。」

這是分手之後我和他第一次的對話。

偶爾在街上擦身而過，我總是太過習慣快步走過，不用猜測也能知道，在我的離去之後他便會愉悅的說出「她還這麼傷心，果然是忘不了我」這類的話語。

縱使明白我的逃避只會讓自己一直陷在這樣的處境中，然而我卻沒有坦然走過的勇氣，只要想到「我曾經愛過的男人，正是眼前這個用著憐憫眼光踐踏我自尊的人」，就想要找個地方隱蔽自己。

我並不是一個懦弱膽怯的人，然而我太過明白這個男人是能夠將我的任何話語與動作都解讀成掙扎與放不開的表現。即使只是視若無睹也一樣。

只要沒有下一段戀情的開始，在他的眼中「我對他的愛情」就還沒結束。

然而他現在卻不願意接受這個句點。

「關心妳啊，如果妳為了逃避還愛著我的事實，而隨便接受某個人，我會很愧疚的。」

「我已經不愛你了。」終於我直直的望向他，「很早以前我就已經不愛你了。」

「艾珍，虛張聲勢只是會讓我更愧疚而已，那個男人果然只是替代品吧。」

為什麼現在才發現這個男人如此的可笑？

「你自我感覺好得也太過頭了吧。」

楊修磊諷刺的聲音戳破了他膨脹的自尊，啪的一聲不只是震耳的音響，還有爆裂瞬間在他體內造成的衝擊力，在他體內關於我的部分已經逐漸崩解；順著聲源望去是楊修磊毫不掩飾的輕蔑目光，就站在兩個跨步那麼遠看著我和他。

「你又是誰？不關你的事。」

「不關我的事？」楊修磊輕佻的勾起嘴角，緩慢而筆直的朝我走來，最後將手搭在我的肩上，「你在騷擾我的女人，關不關我的事？」

「你……」

看著挫敗的孟辰偉，我並沒有所謂報復的快感，只是有一種即將擺脫這個人的放鬆；楊修磊曾經說過「有時候報復是讓傷口癒合最快的方式」，然而對我而言，是我終於能夠正視那段假裝不存在，卻始終在最顯眼位置的傷口。

「這種男人遲早會甩了妳。」

丟下了這句話他便快步離去，望著逐漸縮小的他的背影，為什麼我會為了這種男人疼痛那麼久？

「謝謝你。」

楊修磊收回了他的手，面無表情的看了我一眼，「這只是相互利用的一環罷了。」

「很可笑吧，曾經愛過那種男人。」

「我對別人的愛情沒有興趣。」

大概就是他這種直接又不在乎的態度，讓我感覺這一切「也不過就是這樣」，說不定愛情對他來說也只不過是無關緊要的存在。

他到底在乎什麼？

看著他太過精緻的側臉，我突然想起他出現在這裡的原因。

他的哥哥。

□

就算成為他名義上的女朋友，然而我卻沒有因此了解他多少，除了真正的名字之外，我所知道的就和他那些追逐者一樣多了。

所以當他提起他的哥哥時，我突然有種想要退縮的感覺，因為感覺自己似乎開始踏進本來就不該跨進的區域，縱使斷然的以「這就是相互利用的關係」劃開我跟他的界線，但事實上這樣的關係比什麼都還來得莫名其妙。

也是那一天我才知道，他並不是為了終結眾多追逐者的趨近，事實上因為對象是不起眼的我，反而激起了更多人的動力。真正的原因是他哥哥。

楊修磊。深藍的咖啡師。態度惡劣任性妄為滿不在乎的男人。追逐者多不勝數。

我所知道的就這麼多了。

當然那是在那天之前。

他生長在一個富裕的家庭，事實上他也一路從明星學校走過，離家之後就成為咖啡師，而哥哥則順著鋪設好的途徑踏上金字塔頂端。前陣子哥哥找到幾乎是斷卻音訊的他，似乎也聽說了不少他的流言，當然他的流言大多都關乎於愛情，總之哥哥單方面約定了飯局。

楊修磊所說的就那麼多了。

很輕易就能發現他略過許多環節，甚至連為什麼和他哥哥的飯局會讓他不得不找一個女人假裝女朋友也沒有說明。

因為楊修磊就是那樣的男人。所以即使我有太多不了解他的地方，只要知道的程度多於他身邊的任何人，大概他哥哥就會相信我跟他有某種程度上的依賴關係。我猜想他也不會給他哥哥太多試探的機會。

於是他牽著我的手走進這間高級的西餐廳。

沒有兄弟的寒暄，冷淡到極度的對望穿插的只有我和他入座的衣物摩擦聲，以及輕輕拉動椅子的細微。

「妳好，我是楊修楷，阿磊的哥哥。」

「你好，我是劉艾珍。」

楊修楷也是個好看的男人，沒有像楊修磊那樣的精緻卻多了成熟的味道，整齊的西裝、合宜的舉止談吐以及溫柔的微笑，我眼前的他和我身邊的他是兩種截然不同的類型。

但我想都是讓女人追逐的目標。

大概兩個人從小就是眾人目光的焦點，在服務生與顧客不時投注的視線中，兩個人絲毫沒有任何不適應，而從來就是被安插在可有可無位置的我，突然被放置在這張餐桌裡，實在太過突兀。

根本就食不下嚥。

「不合妳胃口嗎？」

「不是……」看著楊修楷客氣而體貼的微笑，不自在的感覺稍稍的消退，「我只是不習慣一直有人望向這裡。」

他的眼神和笑容裡似乎帶有什麼深意，然而我並不是一個善於解讀他人心思的人，所以也就只能看見他上揚的嘴角，「和阿磊在一起，我想慢慢會習慣的。」

「嗯。」

楊修磊本來就不多話，在這張餐桌上大多時候來回的也只有我和楊修楷的一問一答，冷淡的他與自在進餐的他，我連他們兩兄弟為什麼要吃這頓飯都不知道。

但這並不是我該探問的事情。

「你也該回家了，如果想繼續當咖啡師我會替你說服爸和媽。」

「包括她嗎？」

楊修楷淡淡的看了我一眼，我低下了頭，大概楊修磊是想讓我成為他「無法回家」的理由之一吧。他沉默了幾秒鐘，接著又掛回原先的溫和笑容，「艾珍是個好女孩，我想爸和媽會喜歡她的。」

「好女孩不是他們要的。」

「如果是你想要的，他們終究會答應的。」接著他轉向我，「艾珍，雖然可能會讓妳比較辛苦，但是妳放心，我會站在妳跟阿磊這邊的。」

我連該給什麼表情都不知道，畢竟我跟楊修磊根本就不是男女朋友。

楊修磊握住了我的手，楊修楷的眼中似乎有一閃而過的詫異，然而也可能只是我的錯覺，「我還不打算回去，總之你親自確認了我沒有餓死也沒有墮落，已經能夠交差了。」

「阿磊，我也希望你回家。」

「但是那個地方容不下我想當的那個楊修磊。」

□

我和楊修磊沉默的並肩走著。

連朋友都稱不上的兩個人，加上所有的理解都先經過一層推想，更何況是這種複雜的家庭問題，因此不僅是找不到適當的話語，連走在一起也只是因為找不到說要離開的時間點。

劃破凝滯空氣的是一輛呼嘯而過的汽車，刺耳的喇叭聲在它離去之後還留下莫大的迴響，在那之前他用力的將我扯離馬路，還來不及喊痛就聽見他不悅的嗓音。

「妳走路都不看路的嗎？」

他鬆開我的右手臂，縱使看見我揉著手臂的動作也沒有軟化的跡象，就算是嚇到哭出來換得的大概也只是他更多的不耐煩吧。但是我很少哭，因為我不明白為什麼要哭泣。一點用處都沒有的液體。

□

媽過世的那一天，我和爸爸抱著痛哭，整整哭泣了一晚，媽卻還是一動也不動的躺在那裡，那個時候我才七歲，再過幾天就開學了，媽明明說過上小學的第一天要帶我上學，結果卻因為媽的喪禮而錯過了開學日。

爸爸很努力的彌補媽的位置，只要我流下眼淚爸就會更逼迫自己，但是後來我才明白，越是積極去做某件事就越代表其實自己根本就做不到，在我和爸的世界裡，就算擁抱得再緊也還是存在著媽的空隙。

所以我再也不哭。

我和爸兩個人的小小世界裡，眼淚是太過多餘的東西。

「我爸也常要我好好走路，但越是看著路走反而越容易跌倒不是嗎？」

像是在回應楊修磊，似乎又不是，我只是想起爸牽著我走路的那些日子。我很少回憶些什麼，不管是相片或是紀念品，通常都是收著就再也不會拿出來，昨天的事前天的事或是那一天那一年的事情，習慣性的我都不去回想，因為我不知道我會忘記什麼，也不知道我會想起些什麼。

漸漸的我就習慣避開任何會留下鮮明記憶的事情，無論是自己或是別人的記憶。所以安分又不起眼的艾珍，也慢慢從習慣變成了「這個人的樣態」，最後連我這個人到底是個怎麼樣的人，猛然這麼一問，即使是親近的朋友或是同事也回答不上來，因為艾珍就是一個「那樣的存在」。

「你有沒有玩過閉眼睛走直線的遊戲？張開眼睛的時候只要發現自己站在畫好的那個圓裡，就認定自己很厲害的走了直線，根本就不會去想『說不定是歪七扭八走著碰巧停在圈圈裡』，所以說只要看到最終站立的那個點，之前走的路啊記憶什麼的，一點都不重要不是嗎？」

就像是對孟辰偉的愛情也一樣。

結果就是我落在一個被貼上「悲慘女人」的區塊裡，當初的愛情當初的感受就算被挖空也無所謂，而楊修磊出現之後拉著我撕下標籤，就算是虛構的關係但結果就是我踏開了原先的圈。

不要回頭看就不會看到不想看的畫面。

雖然必須冒著錯過美好風景的可能，但失望的機會總是大於希望。

「妳喝醉了。」

他又把往路中央走的我拉進人行道，反正不管我說什麼這個男人都不在意，那麼就什麼都說也不用擔心。

「才一杯香檳怎麼會醉？」

「我沒力氣陪妳發瘋，妳家在哪？」

「那你知道你家在哪嗎？」

一年級的第一學期連一半都不到，爸因為無法承受太過熟悉但卻沒有媽身影的家，遷徙了半個台灣那麼遠，就只為了逃離過去那段美好時光消逝之後帶來相等巨大的空缺；然而記憶的空缺並不會因為空間的轉化而被填補，因此我和爸除了空缺之外還遺失了那一個家。

「你的家裡有爸爸有媽媽有哥哥在等著你，我的家裡有爸爸有媽媽還有小艾珍，可是小艾珍長大之後就找不到路回家了，因為走到家門口發現那裡已經住了其他人，所以就算回去也回不了家了……爸爸有了新家之後，就只剩下艾珍不知道家在哪裡了……」我衝著楊修磊開心的揚起嘴角，「欸楊修磊，**你要帶我回家嗎？**」

03

存在感太強的男人和毫無存在感的女人，站在一起更符合王子與路人的幻想吧；然而真正站在虛構的中心點，就會知道這樣的幻想並不會成為現實。坐著的他和站著的我，即使對望著也還是兩個不同世界的人。

醒來的時候頭有點痛，看著陌生的窗戶陌生的桌子還有陌生的床單，唯一熟悉的就是我眼前那張精緻的臉。睡臉。

頭有點痛，大概這裡是楊修磊的住處吧，我想起昨天晚餐喝了一杯香檳，完全無法喝酒的我為了消弭不自在而努力吞嚥下難喝的液體，隱約記得一些片段，但我想並不是需要被用力回想的事情。

緩慢的坐起身，我根本不擔心楊修磊對我做出什麼事，沒有根據單純就是相信他對我一點興趣也沒有，那種男人連趁人之危都不需要。

他睡得很沉，於是我自己找到了玻璃杯灌了一大杯冷開水，今天是星期天，所以沒有著急的必要。

房間裡的擺設很簡單，不是很整齊卻沒有髒亂的感覺，一些書一些CD散落在角落，烹煮咖啡的器具、一整套音響、筆記型電腦還有一個不起眼的鬧鐘，這間房間除了沒有電視之外也沒有任何女人的氣息。

我根本就不應該出現在這裡。

清洗了玻璃杯，穿上了被隨意披掛在椅背上的外套，但是我找不到昨天揹的深棕色包包。

「在椅子下。」低啞的嗓音從身後傳來，我彎下身看見包包被塞在裡面，「妳知不知道妳昨天發了一整個晚上的瘋？」

拉出包包我沒有回頭，「我記憶力不好。」

「很有用的一個藉口。」

我拉直身體轉向仍然躺在床上的他，半瞇著眼不知道該說是慵懶還是輕蔑的眼神，裸露在淡藍色被子外的肩與鎖骨，半醒的他似乎和我印象中的那個楊修磊不大一樣，但太細微的差異我一向是分辨不出來的。

他緩慢的掀開被子坐起身，絲毫不在意我的眼光順手將地上的上衣套上，接著漱洗、喝水最後坐在書桌前的椅子上，像是完全無視於我的存在，但最後卻挑了一個直視我的位置。

我還揹著包包站在原地。

「真是一點存在感也沒有的女人。」

存在感太強的男人和毫無存在感的女人，站在一起更符合王子與路人的幻想吧；然而真正站在虛構的中心點，就會知道這樣的幻想並不會成為現實。坐著的他和站著的我，即使對望著也還是兩個不同世界的人。

我突然意識到，被他拉進謊言中心的同時，並不是他配合我成為一個不受注目的人，而是使我成為被注目的人。並且所關注的不是「我」，而是「楊修磊身邊的那個女人」。

「相互利用的關係應該可以結束了吧。」

我撕下了孟辰偉貼在我身上的標籤，他帶著我和他的哥哥進行了一場飯局。

他聳了聳肩，「我們可以不用再見面，但是在妳主動說『和我已經分手了』之前，我打算維持現狀。」

關係存在。但不需要劉艾珍這個人。

□

回到住處已經過了中午，根本沒有進食的我卻一點食慾也沒有。

大概楊修磊已經看透如果沒有「非這麼做不可」的前提，我是不會主動提起我和他的關係，雖然身邊的人不時的追問，但卻更因為這樣的探究而讓我更不願給予確切的回答。

也就是這樣，大多數的人覺得我是一個沒有個性的女人。

所以說，我和楊修磊的名義關係還會持續一段不短的時間。直到他主動想喊停，或者我不想繼續停留在謊言的中心。

「艾珍我是爸爸，手機打不通，這裡的電話也都沒人接，聽到留言記得回電話給我。」

答錄機唯一一則的留言是爸爸的聲音，坐在床沿我盯望著電話，爸爸時常要我和他們一起吃飯，這時候飯桌上就會有爸爸阿姨和我，偶爾還會有阿姨的兒子我應該叫哥哥的人。阿姨是個很溫柔的女人，事實上相當適合爸爸，雖然明白爸爸身邊有她會更加幸福快樂，但她的出現同時也破壞了我跟爸爸長久以來相互依賴的小小世界，也遮掩了媽造成的那道空隙。

我一直覺得那是爸和阿姨的家，不是我的也不是她兒子的。

所以「成為爸的客人」對我而言是相當複雜的敘述句。

最後我還是撥了電話，「爸、我是艾珍。」

「怎麼都不接電話呢?爸爸擔心了一整天。」

「手機剛好沒電，昨天住在朋友家。」

爸不太會過問我的生活，或許是漸漸不知道該怎麼開口，因為小艾珍和現在這個艾珍差距太過懸殊，單單微笑這件事，我想爸是看得最清楚的人。

「晚上有空嗎?妳也好久沒有和爸爸跟阿姨一起吃飯了。」

「爸我今天有點不舒服，改天好不好，下次我會再打電話給你。」

簡單的說了幾句話，終於還是推拒掉爸的想望，我知道爸很愛我，我也很愛他，但有時候正是因為這樣的愛讓移動更加艱鉅。

連衣服都沒有換就躺在床上，看著空蕩蕩的天花板，除此之外我什麼都看不到。

□

午休時間出現的是楊修楷。

一直以來不起眼的艾珍身邊居然在短時間內出現了兩個王子般的男人，感覺著眾人帶著各種情緒的眼光，這個謊言圈劃的範圍越來越大，雖然我還是那個沒有存在感的艾珍，卻因為站在他們身邊而不得不被看見。

「抱歉，這麼突然來找妳。」

我輕輕的搖了頭，「有什麼事情嗎？」

「可以一起吃個午餐嗎？想跟妳聊聊阿磊的事情。」

從我身上也得不到任何他想要的結果，但這件事情除了我和楊修磊知道之外，每個人都期待從我身上得到些什麼關於楊修磊的片段，因為太過神秘並且將通往他的管道都封閉之後，突然出現的我便成為一條過於明顯的道路。但這只是幻象。

最後我和楊修楷坐在公司附近的簡餐店裡，一樣西裝筆挺的他，卻還是沒有格格不入的氛圍。

「妳很安靜。」

「嗯？」

「沒什麼。」他淡淡的扯開弧度，「阿磊也不多話，所以在想你們兩個會是怎麼相處。」

「其實沒什麼特別的，跟一般人沒什麼兩樣。」

服務生將前菜送上，無論在哪種場合眼前的男人都會引起注意，而在望向他的視線之後，便會快速掃過我。只是一種附帶。

「希望這樣說妳不會生氣，但妳跟阿磊平常交往的女孩子很不一樣。」我抬起頭看著楊修楷，也許是一種試探又或者只是他簡單的感想，「雖然到現在才聯絡阿磊，但其實我已經找到他好一陣子了。」楊修楷大概在暗示什麼，「妳出現得很突然。」

為什麼連自己弟弟親口說出「這個女人是我的女朋友」的我都要懷疑？

「他身邊有沒有女人是很重要的一件事嗎？」至少那些聽說之中，楊修磊身邊的空缺通常不會持續太久。

「因為妳不一樣。」他的手輕輕交疊在一起，稍稍將身體傾向前，「在他身邊的女人，從來沒有走進過阿磊的生命，但是他卻把妳帶到我的面前。妳知道這意味著什麼嗎？」

不知道。這不過就是楊修磊的手段之一，我根本連他生命的邊緣都碰觸不到。

「我跟他只是很簡單的關係。」

「艾珍，妳做好陪在阿磊身邊的心理準備了嗎？」

「有沒有我對他而言並沒有太大的差別。」我將身體往後移了一些，「我知道我和他身邊的那些女人是截然不同的類型，但這也只是一種偶然。」

跟我不同，眼前的這個男人大概是一個擅長解讀他人心思的人，因此對於連我自己都強烈感受到的抗拒，我想他並不會錯過。

於是他打住了他的探究。

楊修楷始終帶著他溫柔卻也只有溫柔的微笑，「從大二離開家之後，阿磊已經將近六年沒有回家了。」

為什麼要離開家？為什麼那麼多年都不回家？一般的女人大概會這樣詢問，但是我涉入的已經比我預期還要多出太多，因此就算只是多一句話語，只會讓我更無法退離謊言中心罷了。

「再怎麼樣，人都得回家，是吧？」

回家。

「我沒有辦法左右他的決定。」

楊修楷斂下眼後又重新望向我，笑容裡似乎比方才的溫柔多了一些什麼，但我是分辨不出來的，「如果是妳的話，說不定能夠左右阿磊。」

□

我和楊修楷見面的次數比跟名義上的男朋友楊修磊還要多。

離開楊修磊住處之後我和他就再也沒有見過面，然而楊修楷卻已經將我視為通往楊修磊的通道，每個星期總有一天的午休會出現在我的面前，在看似日常的閒聊之中，偶爾會摻雜幾句關於楊修磊的探問，但我對於楊修磊的認知也不過比零多了那麼一點，因此楊修楷並沒有在我身上得到他要的答案。

又或許不是。

他的問號之一是關於我。

關於我這樣的女人。這個讓自己弟弟帶到他面前的女人。

「和我這樣見面，阿磊沒有生氣嗎？」

「他不知道。」

楊修楷的眼中浮現些許詫異，然而笑容卻依然掛在臉上。有百分之九十以上的時間楊修楷都帶著溫柔的微笑。

「是刻意不告訴他的嗎？看來阿磊對我這個哥哥還真不是普通的討厭。」

「我只是覺得沒有特地告訴他的必要，就算你是他的哥哥，和你見面也還是屬於我生活的範圍。」

「一般人不是都會試圖讓兩個人的生活疊合在一起嗎？」似乎是感覺自己的問號太過界，「不回答也沒關係，我只是好奇而已。」

「楊修磊怎麼看都不像一般人吧。」

於是他笑了，這是我第一次感覺他的笑容之中真正透露出情緒，至少強烈到我能夠清楚辨識，大概是愉悅的氣氛。

「妳真的是很特別的一個人。」

我抬起眼望向楊修楷，他是第一個將「特別」這兩個字套在我身上的人。這樣安分又不起眼的自己，連自己都已經習慣到照著鏡子的時候很容易就會出神，有時候自己都會忘記自己的存在。

就像是楊修磊曾經說的，我是一點存在感也沒有的人，但楊修楷卻自然的說出「妳真的是很特別的一個人」；但是我想，這樣的特別還是建築在楊修磊的存在之上，因為能夠站在楊修磊的身邊，並且是他主動宣告的女人，本身就已經被冠上特別的意味了。

那麼這句話也就沒有多麼值得被記憶的必要。

「只要能站在楊修磊身邊，誰都會變得特別吧。」

「那妳想成為特別的人嗎？」

楊修楷帶著有些複雜的眼神，但我無法分辨他確切的心思。然而我只有讓一個人不要留下空缺的力氣而已。

「只要在那個人的眼中是特別的就夠了。」我並沒有看向他，「我並不是一個需要受注目的人。」

所以只要努力的填補那個人的生命，我的生命也就不會再留下另一個無法彌補的缺口。

我是這麼相信著的。

04

我們都無法成為真正的自己——為了反駁他人的期待而走向相反的道路，到最後不是誰的期盼，也不是自己的希冀。

但卻成為我或者他的人生。

「為什麼不告訴我，我哥去找妳？」

「我只是覺得沒有必要，」而且楊修磊應該也預料到了吧，至少這是他出現在這裡的原因，「他想要的是關於你的訊息，但其實我根本就什麼都不知道，你也沒有擔心的必要。」

「拒絕他不會嗎？」

「他是你哥。」再怎麼說，在楊修楷的眼中我還是他弟弟的女朋友，「拒絕比接受更麻煩。」

「妳大概就是因為這樣任何事情都無所謂，一點意見也沒有，才會一點存在感都沒有吧。」楊修磊嘲諷的看著我，但他說的是事實我也沒有反駁的必要，我就只是安靜的看著他。

楊修磊抿著唇臉色不悅的站在我面前，相較於總是掛著溫暖微笑一點也看不透的楊修楷，他的情緒很清晰的反映在他的表情他的話語和他的肢體動作上。

雖然站在離公司門口有一段距離的地方，但因為是楊修磊，還是引來了許多目光，雖然自己看不見，但從遠方看應該是不起眼的我一臉無所謂，而耀眼的他卻相當氣憤，想著就有種好笑的感覺。

然後我笑了。

「妳笑什麼？」

我搖了搖頭，「午休時間快結束了，我該吃午餐。」

他一動也不動的站在我面前，我並不是很餓，但午餐是個每天必備流程，在我的日常中，雖然有許多事情並非相當必要，然而因為是流程之一，那便是執行那個動作的理由。

「那麼不想成為其他人注意的焦點嗎？」

「什麼？」

楊修磊跨前一步，讓兩個人的距離逼近到連一步都不到，「妳很努力成為一個不起眼的人吧。」

「我為什麼要那麼做？」

「那是妳的事。」他突然挑起惡意的微笑，彎下身頭髮擦過我的臉頰，在我耳邊低語，「我最討厭這種只要努力就能夠不起眼的人了。」

接著他突然貼上我的唇。

用力的我推開他，看著帶著輕佻笑容的楊修磊，「那是我的人生，就算你再討厭也不關你的事。」

為什麼每個人都想左右我的人生？

爸爸想把我拉回過去的那個小艾珍，孟辰偉想讓我成為永遠都愛他的女人，表姊希望我安分做好她的陪襯，連眼前這個幾乎陌生的男人也想把我拉離站立的位置；到底為什麼我就不能成為這樣的艾珍自己好好的活著就好？

「因為我看見妳了。」

楊修磊打亂了我的日常。午休時間結束但我還沒吃午餐。

突然有種厭惡感從體內湧上，並非關乎自己或者楊修磊，單單是對於無法流暢進行日常這件事。那麼這一天很有可能就會被記憶住。

「艾珍，午休時間結束囉。」打破我和楊修磊無聲對峙的人是琳亞。

琳亞和我站在相同的位置但卻是不同的人，一樣被劃分在不起眼的區域裡，然而我想往更不起眼的深處走去，她卻不斷試圖跨出希望得到眾人的關注。因而在我身上她得到了某種安心感，想著「這個人絕對不會丟棄我離開這個黯淡的舞台」，然而卻出現了楊修磊。

有些人只要出現，就會攪動其他人的人生。

不單單是他刻意拉扯的我，連始終沒有跟他有接觸的琳亞，也被迫面對某些不得不的變化。

身旁的人從我身上得不到任何有用的訊息，便轉向琳亞試圖瓜分一些什麼，因而她得到了她所期盼的注目，然而眼光的落點卻是指向我。不、最終的盡頭站的是楊修磊，然而琳亞並不會意識到這一個事實。

於是我和琳亞的關係也產生了隱微的扭轉與，拉扯。

楊修磊並沒有移開在我身上的目光，我轉向琳亞，「謝謝，我立刻就回去。」

「嗯。」但在腳步移動之前，琳亞還是採取了跨越的動作，或許除了關心我之外，也試

圖回應其他人的探問，很輕易就能知道再這樣下去，眾人的注意力也很快的會從她身上移開，

「發生什麼事了嗎？」

「沒什麼。」

「喔。」帶著一些失望的神情，琳亞望向我又望向始終沒有轉向她的楊修磊，「那我先回去囉。」

「妳是艾珍的朋友吧。」

突然楊修磊帶著淺淺的微笑轉向琳亞，她的目光膠著在這個太過耀眼的男人身上，然而他所散發的惡意卻太過明顯，這個任性妄為的男人任何事都做得出來，誰都能看得出來琳亞雙眼中的熱度。

「楊修磊。」我用力抓住他的右手臂，似乎下一個動作他就要走向琳亞。

琳亞不是他遊戲的對象。

「愛情遊戲不就是這樣嗎？」他輕蔑的掃了琳亞一眼，「妳不想玩，但想參加的人多的是。」

再怎麼樣琳亞也算是我最親近的朋友，而且她玩不起這場遊戲。

我斂下雙眼，抓握住他的手緩慢的滑落，在他走向琳亞之前，我抬起眼直直的望向他，

「攪亂我的生活你也不會比較快樂的。」

「至少妳會一起不快樂。」

「為什麼……」為什麼要挑上我？

「因為我們是，」楊修磊殘忍的笑了，「同類。」

因為我們是同類。

我們都無法成為真正的自己。

而為了反駁他人的期待而走向相反的道路，到最後不是誰的期盼，也不是自己的希冀。

但卻成為我或者他的人生。

□

「我怎麼聽不懂妳跟他的對話啊？你們發生什麼事情了嗎？」

最後我和琳亞一起走回公司，那個男人不會輕易放過我的，從琳亞開始，或許根本就還不算是開始。

一點理由都沒有，然而就只是單純想破壞我的生活，說到底我不過就是他不經意發現的投射對象，藉以宣洩他太過悶滯的人生。

就像是自己得不到的玩具，在朋友玩的時候就會湧生想要毀壞的心思。

「有一點爭執而已。」我想著合適的說詞，「因為想吃的餐廳不一樣。」

琳亞關心的並不是事實，而是能夠回應他人的訊息，並不是說她不關心我，只是在我的冷淡反應之下，她沒有任何缺口能夠提供她的情感或者支持。我們通常會放棄得不到回應的作為。

「原來妳也會為這種事情吵架啊，我還以為妳對這些事情不會有特別的意見耶。」

「有些時候吧。」

「不過感覺他很強勢耶。」

「嗯，大概吧。」我根本就不在意楊修磊是個怎麼樣的人，畢竟他跟我本來就一點關係也沒有。

然而這個跟我毫無關係的人卻蠻橫並且惡意的想破壞我的生活。

「一直到現在我還是覺得很不可思議耶，就是妳跟他交往這件事情。」我淡淡的看了琳亞一眼，她繼續說著，「不是說不可能啦，只是因為他是那種大家都會注意的人，而且像潔安那種對男人一向採高姿態的人，也都低頭最後還被甩了，怎麼想都跟我們的生活離很遠吧。」

我們。的生活。

「會不會哪天也出現個王子愛上我啊？」

楊修磊並不是王子，而他也沒有愛上我。所以說，只有站在虛構的中心才會看透一切的真相，關於那個王子其實根本就是撒旦。

撒旦是沒有愛的。

「欸，那妳把他哥哥介紹給我好不好？他哥哥也好帥又有氣質，兩兄弟雖然完全不同，但都好耀眼。」

楊修楷。我突然想起他溫柔的微笑，就算只是謊言也是個溫暖的謊言。

我想他們兩兄弟大概都不是王子，但卻因為太過耀眼，任何人都看不清真正的他或者他，最後被冠上了「王子」這個遙不可及的皇冠，終於沒有人再試圖看清，而任憑自己的想像添加在王子的故事與光芒上。

沒有人努力去看清真正的他和他，沒有人試圖來看清真正的我，楊修磊說的，我們是同類。走在兩極的我以及他們，不過就是被包裹在看不透的盒子中掙扎不出的困獸，只是我終於選擇放棄楊修磊變得更加暴烈，那麼始終微笑著的楊修楷呢？

「我跟他哥哥不是很熟。」

「反正我就作作白日夢啦，像妳這麼幸運被王子選中的人本來就是少數啊。」

幸運？咀嚼著這個詞，差點我就笑了出來。

「琳亞。」

「嗯？」

「楊修磊不是王子。」就算站在王子身邊我也不會成為公主。

「唉啊，妳就不要害羞了啦，妳都不知道，聽說妳跟他交往的消息傳開之後啊，那個囂張的孟辰偉安靜得像什麼一樣，還有人拿妳來調侃他，他根本連回嘴都沒辦法耶。」

這就是楊修磊所說的相互利用嗎？

那麼他在我身上得到了些什麼？

我看著剛剛用力抓住他的右手掌心，一點感覺的殘留也沒有，但事實上他已經滲入了我的生活了。以一種我不願意卻無法推拒的姿態。

「我跟他遲早會分手的。」輕輕的我對著琳亞扯開嘴角，「王子和路人的故事不會持續太久的。」

楊修磊不過是一時興起罷了。

□

「妳這個女人到底在跩些什麼？」

才剛走出公司兩個女人就擋在我的面前，開口的是站在潔安旁邊的短髮女人，常看見她們兩個高調的走動，就是琳亞聽說中的跟班角色吧。

「我不明白妳的意思。」我跟潔安從來就沒有真正的交集，除了楊修磊這個不知道該不該說是接點的存在。

「妳以為妳憑什麼跟阿磊在一起？也不照照鏡子。」

「愛情需要資格嗎？」也許傳入她們耳中會成為一種炫耀性的話語，然而我只是單純無法理解她們的語句。

正因為誰都能愛，愛情才得以稱之為愛情。

「誰知道妳到底用了什麼手段，阿磊只是玩玩而已，妳識相一點離他遠一點。」從頭到尾潔安都沒有說話，用著有些悲傷又帶著氣憤的眼神注視著我，我將視線定置在她的身上，「是他走過來的。」

我當然明白這句話對潔安而言無疑是一種挑釁，然而我只是在陳述一件事實，一個誰都不願承認的事實。但即使楊修磊的身邊沒有我，也不會有一個屬於潔安的位置，那個男人的身邊沒有預留任何位置給任何一個人。

「妳不要不知好歹……」短髮女人激動的聲音被潔安拉扯她的動作瞬間截斷，「這種女人就是欠教訓……」

「夠了。」潔安冷冷的望向我，「只不過是因為妳跟他身邊的女人都不一樣罷了。」

「妳愛他嗎？」

「我當然愛他。」潔安的回答絲毫沒有任何猶豫。

「哪一點？」我說，「妳為什麼會愛上那個男人？」

潔安因為這個問題愣住了幾秒，「那麼耀眼的男人，很容易就會愛上他了吧。」

或許這就是楊修磊視愛情為遊戲的原因。

「我並不愛他。」

在我反應過來之後才發現，潔安已經在我的左臉頰上留下她的掌痕，熱燙的感受伴隨著疼痛感逐漸蔓延，她故作冷靜的姿態已經全然崩毀，眼中是滿漲的憤怒。

「妳不要以為妳能玩弄阿磊的感情，他是不會愛上任何一個人的。」

悲哀的女人。悲哀的楊修磊。悲哀的愛情幻象。

「那妳為什麼還那麼努力想要得到他的愛情？」我安靜的看著她好一陣子，「妳看見的不是他，不是愛情，而是妳自己的愛情。」

「我看見他吻妳。」走離潔安身邊的時候，她的聲音幽幽的傳來，我沒有任何回應，「但是妳推開他。我那麼想得到的，輕易得到的妳卻那麼用力的將他推開……那個男人不是我認識的阿磊，我認識的那個男人不會主動拿出自己的愛情。」

只能看見表象的這些人們，即使努力的解釋也不會被認同吧，因為他們只會相信自己所看見的「真相」。

「那個男人沒有愛。」我說，「至少現在沒有。」

因為楊修磊，我的生活已經開始脫軌，就只是因為這個人的存在。突然有種憤怒在我體內瀰漫，但我卻無能為力，就像看著爸望著媽照片時透露出的那種悲哀，除了張望我一點力也使不上。

我應該拒絕他所帶來的任何可能性。只要說著「因為阿磊會不開心」，很輕易的就會讓這一刻成為我和他最後的對望，然而在凝滯與凝滯之後，我終究還是無法說出口。

「因為我的關係跟阿磊吵架了嗎？」

「沒有。」

站在謊言中心其實是一件很難受的事情，誰都無法透露，所有的問號所有眼光都必須獨自承受，逐漸堆累的情緒卻只能壓制在體內，漸而濃度越來越高，想說而不能說想抓握卻無法伸出手，想逃離卻被站在身邊的楊修磊用力扯住。

為什麼我非得承受這些不可？

看著楊修楷溫柔的笑容，即使知道在那之中含藏了太多我所無法解讀的東西，卻還是有一股想哭的衝動。在這場謊言之中，他是唯一一個對我微笑的人。

「但是妳看起來不太好。」

「我沒事。」

然而我的淚水卻在我的控制之外，安靜而無聲的從頰邊滑落，在模糊之中楊修楷斂下了笑容，沒有探究也沒有安慰，只遞來了一包面紙。

就這樣默默的等候我結束無聲的哭泣。

淚水對我而言是絲毫沒有用處的液體，因此它的落下不過就只是一種排泄，安靜而無聲就像流著汗一般，甚至並不會感覺熱只有一點黏膩與偶爾的難以呼吸。淚水不過就是淚水罷了。

因而我從不去探究那些淚水滑下的時刻自己究竟帶有著什麼樣的心思。太過無謂。

「對不起。」

「好一點了嗎？」

我輕輕的點了頭。

「如果想說的話，我會聽。」

我搖了搖頭，「可能是跟他在一起壓力比較大吧，畢竟我只是個不起眼的女人。」

差一點我就要說出「我跟楊修磊根本一點關係也沒有」，終究還是壓抑住那股衝動，眼前的人不是別人，而是距離楊修磊最近的人。

我明白這樣的說詞並無法說服楊修楷，他的眼神太深似乎能看穿所有的秘密，即使是清楚知道我避開了話題，他還是揚起了溫暖的弧度。

「我看見的妳並不是個不起眼的人，而是一個相當特別的女人。」

「謝謝你。」

「艾珍，我並不是在安慰妳，」他說，「這就是我所看見的妳。」

這頓午餐大多時間都是楊修楷的聲音，他聊些瑣事天氣新聞還有楊修磊的童年。

「阿磊從小就很優秀，所以我爸媽對他的期望也就越來越高，但他從小就很叛逆，所以大二那一年連一張紙條都沒有就離家出走，但因為還有乖乖去上學，所以我爸媽也就暫時不去帶他回家，沒想到一畢業他就銷聲匿跡。」他輕輕的笑了，「我也是花了很大的力氣才找到他的。

「因為從小就是天子驕子，加上他太過好看的外表，所以也就比較驕縱吧。但其實阿磊也很辛苦，很多人都不是因為『他』而靠近他的，而是為了楊修磊這個人，大概也是因為這樣他對感情的態度比較差一點吧。

「但是他第一次主動宣示跟一個人的關係，不要說是女朋友了，連『這是我的朋友』這種話都沒有說過，所以一開始我真的有些難以置信，但漸漸的我發現妳的確是一個值得被愛上的人。」

我抬起眼望向楊修楷。

「雖然作為他的哥哥說這種話似乎有些不妥當，但如果是我的話，說不定也會愛上妳。」

「為什麼？」

服務生收拾瓷盤的動作阻隔了我的視線，透過空隙我看見他的手他的衣服還有一些零碎的片段，盤子與餐具敲擊出的聲音反而更加突顯這突來的沉默，縱使隔著服務生合理化了所有停滯，卻沒有合理化我和他的對話。

這不該是一個女人和她男朋友的哥哥的話題。

「因為妳是一個會讓人感到心疼的女人。」

然而楊修楷在停滯之後仍然接續了我的問號。我移開投向他的視線，落點是某一個無意義的杯具，我不能望向他，至少在這種脆弱的時刻不能繼續將目光停留在他溫柔的微笑上。

「我該回公司了。」

「我陪妳走回去吧。」

「不用了。」我拿起包包，「就在隔壁而已。」

楊修楷安靜但深深的看了我一眼，「和我一起吃飯會讓妳感到困擾嗎？」

我應該拒絕他所帶來的任何可能性。只要說著「因為阿磊會不開心」，很輕易的就會讓這一刻成為我和他最後的對望，然而在凝滯與凝滯之後，我終究還是無法說出口。

「不會。」

「那就好。」他溫柔而淺的微笑還有比起初認識他時更加清晰的情緒，一點一點的打散我的抗拒，「如果有什麼話想說的，千萬不要客氣。」

終於我發現，在這場越來越無法脫身的謊言之中，他的笑容竟或成為我唯一的支撐。

□

蜷縮在床上，我想像著自己回到小艾珍的那個時候。

想像。並不是回憶。

事實上我什麼都已經記不起來了，無論是曾經走過的路或是爸爸和媽媽的臉，無論多麼用力回想都沒有用，那些聲音迴盪在腦中的時候，關於畫面卻是一片模糊。

我想吃草莓冰淇淋這樣說著的我，或是艾珍不要紅蘿蔔清晰而斷然說出的話語，放肆的笑鬧吸引所有人的目光，因為媽媽說過艾珍是獨一無二的孩子，所以誰都無法取代我。

但對於小艾珍而言獨一無二的媽媽，卻因為無法被取代而成為永遠的**空缺**。

那種填不滿的空虛並非疼痛，卻怎麼也揮之不去，隨時都在提醒自己已經不是一個完整的存在，在空蕩蕩的身軀之中輕輕一個敲擊就會引起莫大的回音，於是無論是悲傷憤怒或是寂寞的聲音也就被無限的放大與反覆，終於佔據了我整個身軀。

只要成為誰都能取代的人，那麼就不會在哪個人的身體中留下永遠也彌補不了的空缺了。

從那個時候起，小艾珍就是懷著這樣堅定的信念走下去的。

爸又打了好幾通電話過來，在小艾珍逐漸成為一個誰都能替代的人的過程中，那個爸心中獨一無二的小艾珍也逐漸被消弭，所以爸的身軀之中也因為我而留下了一個無法被填補的空缺吧。

所以我沒有辦法好好的注視著爸爸。

因為沒有辦法跟他說，小艾珍已經不會回來了。爸爸的心中始終懷抱著這樣的期盼。

連對不起都無法說出口。

「這裡有媽媽、爸爸還有艾珍……媽我可不可以養一隻狗？人家想要白色而且尾巴會搖來搖去的那種狗狗。」

「我們住的公寓不能養狗呢，我們買金魚好不好？很多顏色的金魚。」

「可是人家不能帶金魚去散步耶，真的不能養狗嗎？」

最後爸爸買了一隻白色的布偶狗給我，於是在出遊的時候我會認真的替布偶狗戴上項圈，興高采烈的帶它出門；但是那隻布偶狗連同媽的衣物一起被焚燒，因為再也不可能有爸爸媽媽和艾珍的畫面了。

我對某個男朋友說我不喜歡狗，於是我們就分手了。

所以當我成為那個艾珍之後，一切都變得簡單而輕鬆了。因為我哭不出來，所以我也不想看見誰的眼淚。

我無法負荷成為某人空缺的重量。

□

楊修磊坐在我的面前。

「跟男朋友約會不是應該要很開心嗎？」

「你到底想說什麼？」

「和我哥吃飯比較輕鬆愉快嗎？」

「你到底、想說什麼？」

楊修磊明顯帶著怒氣，嘲諷的語氣輕蔑的眼神還有不時從肢體中透露的緊繃，到底從什麼時候開始，我成為介於楊修磊和楊修楷兩兄弟之間的接點了？

「為什麼還要繼續跟我哥見面？」

「我說過，接受比拒絕簡單，而且你不用擔心他會從我身上得到什麼訊息，我就算想說也什麼都不能說。」

「妳想對他說什麼？說『其實我跟楊修磊並不是男女朋友』？」他冷冷的看著我，「妳愛上楊修楷了嗎？」

「我沒有。」我直直的盯望著他，「就算愛上他也不關你的事。」

「他是我哥。」

「是我不能愛上你哥，還是我必須愛上你而不是你哥？」

「劉艾珍，妳應該記得妳現在的身分是『我的女朋友』。」

「那不過就是個謊言。」

「是只有妳和我才知道的謊言。在這種前提下，對誰來說妳都是楊修磊的女朋友。」

「你這樣對我到底能得到什麼？」

楊修磊沉默了好幾秒，將身體整個貼靠在椅背上，「因為討厭妳這種輕易就放棄反抗的人。」

因為沒有辦法放棄所以比誰都還要痛苦。

如果楊修磊突然示弱這麼說出口，我會不會對他有多一點的諒解？

但楊修磊並不是會示弱的人。

「更何況，楊修楷跟妳是不可能的。他從來就是個聽話的孩子，妳不是他能愛上的人。」

「你是在替他設想還是關心我？」我斂下眼，告訴他同時也告訴自己，「我不會愛上楊修楷。無論是你還是他，跟我都是不同世界的人。」

「妳最好記得妳說過的話。」

看著對這個話題太過認真的楊修磊，誰都不會設想我和楊修楷的愛情，為什麼偏偏是他，做了這種設想？

「你不必做這種無謂的擔心。」楊修磊沒有任何情緒的將視線定著在我的雙眼，「我能看見的劉艾珍，楊修楷不可能看不見。」

但他們究竟看見的是什麼？

「我吃不下，我要回去了。」

「我約了楊修楷。」停下了起身的動作，看著冷冷說出這句話的他，「他似乎還不是很清楚，妳是我女朋友這件事。」

「楊修磊你到底想要怎麼樣？連你哥都不相信嗎？他來找我吃飯完全是為了你。」

「妳根本就看不透他，怎麼能這麼篤定？」

我根本不明白楊修磊究竟在想些什麼，就因為楊修楷是他的哥哥，所以無論如何都不容許我跟他之間有任何的可能性？

楊修楷的心中，打從一開始我就是「弟弟的女朋友」，而在我的世界裡，無論如何也無法擺進一個那麼耀眼的對方。沒有絲毫的可能性。在我跟楊修楷之間。

然而我卻很想逃離這場飯局。

如果連楊修楷的溫柔笑容都失去了，那麼我在這場謊言中就連最後的溫度也失去了。

最後餐桌上還是坐了三個人。

「阿磊約我吃飯，一直到現在我才相信是真的。」楊修楷將微笑投向我，然而我卻連扯開嘴角的力氣都沒有，別開他的眼也別開他淡淡的擔憂，最後他不動聲色的轉向楊修磊，「你是單純找我出來吃飯嗎？」

「弟弟找哥哥吃飯很不單純嗎？」楊修磊嘲諷的笑了，「那哥哥找弟弟的女朋友吃飯，會很單純嗎？」

「楊修磊。」

「怎麼，妳剛剛說的話跟現在的表現一點都不符合，心疼了嗎？」然後他帶著惡意的微笑，「我們艾珍沒什麼脾氣的，居然為了你這麼生氣。」

楊修磊擺明就是要挑釁，楊修楷也沉下了臉，「阿磊，是我去找艾珍吃飯的，因為你根本不聽我說話，所以我只是想請艾珍說服你回家，就只是這樣而已。你這樣懷疑她，對她一點都不公平。」

「那我再說一次，我不打算回家。」楊修磊充滿敵意的望向楊修楷，「你不要再出現在她面前。」

空氣凝滯在最緊繃的那個點，根本就不應該出現在我平淡的生活中的畫面，無論是楊修楷或是楊修磊，不、說不定是劉艾珍不應該出現在這裡。

……艾珍，妳不是說妳對阿磊一點興趣都沒有嗎？

到底為什麼我非得忍受這些不可？

……如果有一天我也能出現一個王子愛上我該有多好。

到底為什麼我非得站在謊言的中心不可？

……艾珍，虛張聲勢只是會讓我更愧疚而已，那個男人果然只是替代品吧。

到底為什麼我非得被扯離好不容易才說服自己相信的那個自我？

……妳不要以為妳能玩弄阿磊的感情，他是不會愛上任何一個人的。

到底是為什麼？

……因為妳是一個會讓人感到心疼的女人。

到底為什麼要是我？

……小艾珍是媽媽獨一無二的小寶貝喔。

「楊修磊我已經受夠了。」

猛然站起身，頓時成為眾人焦點的我已經無法顧慮其他，我的淚水緩慢的積聚而快速滑落，我沒有看向楊修磊也沒有看向楊修楷，就只是空泛的垂落於太過潔白的餐桌布上。

「這是你的遊戲不是我的……」

「艾珍……」

出聲的是楊修楷但楊修磊卻在下一個瞬間將我拉進懷裡，「離她遠一點。」

我想掙脫他的懷抱卻一點力氣也沒有，只能任憑他將我帶離餐廳帶離眾人的注目。還有帶離楊修楷。

但是誰能將我帶離楊修磊？

誰能將我帶離這個已經支離破碎的劉艾珍？

06

望著楊修楷太過深邃的雙眼，雖然那麼遠看不清楚，不、就算走近其實也看不出之中含藏的心思，然而卻因為他那彷彿什麼都能夠承載的眼神與微笑，讓我在猶豫的那秒鐘又看見了曾經脫軌的自己。

「我跟楊修磊分手了。」

這句話散播的速度比當初他踏進我生活時的流言快得太多，因為是「那個劉艾珍」親口說出來的敘述句。

□

那天我坐在公園的長椅上，楊修磊不發一語的站在我面前，在我和他之間似乎存在著無法打破的凍結，流動的只剩下呼吸還有那些開始流竄的意念。

「妳想離開就離開吧。」

最後楊修磊拋出了這句話，不用很仔細聽就已經清晰的傳進我的身軀之中，打從一開始就想離開的謊言，為什麼到了他開口說要結束的時候，湧生的並不是欣喜，反倒是另一種空虛？

大概是已經太久沒有人把我當作一個特別的存在。

但謊言終究是謊言。於是在楊修磊送我到住處門口之後，看著他離去的背影，連帶的也把那一部分的記憶給掏空了。

無論是楊修磊或是楊修楷的存在，因為不在我日常的行程之中，並且太多突發的情節太過容易引起記憶，那麼也就只好一併丟棄。

雖然我曾經很想問楊修磊「你到底看見了什麼樣的劉艾珍」，然而或許他不會回答，又或許我無法負荷他的答案，即使在最後他轉身離開的那一個瞬間，這個問號不斷的在我體內膨脹，終究也只是讓我感到緊繃的疼痛感，而什麼都沒有說出口。

我寧可承受這樣的脹痛感，也沒有勇氣去賭那個爆裂的可能性。只要楊修磊輕輕一碰。

所有人都拚命追問「妳為什麼會跟楊修磊在一起」，卻沒有任何一個人詢問「妳為什麼會跟楊修磊分手」，因為那本來就是眾人預期的結果。我也只是再度回到眾人的預料之中罷了。

然而在謊言之中唯一的溫暖，至少那個脫軌的艾珍希望能在現實之中有一點他的存在。

那個時候看著不復微笑的楊修楷，意識到本來那樣的微笑就不是我該得到的。

「妳還好嗎？」

「抱歉突然打電話給你。」

「不用在意，我說過有任何事情都可以找我。」

說不定這會是我最後一次見到他也說不定，「……對不起。」

「為什麼要道歉呢？因為我的關係讓妳跟阿磊不愉快了吧，」他輕輕嘆了口氣，「該道歉的是我才對。」

「不是那樣的……」終於我直直望向他，「我跟楊修磊並不是男女朋友。」

在句號之後是楊修楷長長的沉默，「是嗎？」

「一開始你就這樣懷疑了，很抱歉騙了你。」

「除了這個謊言之外，我所看見的艾珍是真的嗎？」

楊修楷並沒有問「為什麼要跟楊修磊扮演男女朋友」，卻拋出了一個意味深長的問題。

我移開投向他的視線，這不是我能夠回答的問題，現在的艾珍只想回到起點。楊修楷想說些什麼最後卻又放棄了。

「謝謝妳忍受阿磊的任性。」

謝謝你願意這麼溫柔的對我微笑。但終究我還是沒有說出口。

所以一度脫軌的艾珍，又再度回到了之前毫不起眼的生活之中。

□

「阿磊辭掉了深藍的工作。」

潔安的出現並不在我日常的行程之中，而她提起的人彷彿離我已經好遠，我握著錢包想著必須進行午餐不可，「是嗎？」

「在妳說跟他已經分手之後沒多久。」

「既然跟他已經分手了，那就不關我的事了。」

「是妳……」潔安停頓了幾秒鐘，「是妳提分手的嗎？」

知道這些有什麼意義呢？希望得到「不管是哪個女人都是一樣結果」的結論嗎？自己得不到的那麼就希望誰都不要得到嗎？

「我忘了。」

潔安沒有繼續追問，我想很快、很快的連「阿磊」這兩個字都不會在任何一個聽說之中出現了。

很快的我連楊修磊和楊修楷這兩個人是不是真的出現過都會開始忘記了。

□

「艾珍，爸爸好久沒有沒有跟妳一起吃飯了。」

「因為前陣子比較忙……」

「年輕人要忙的事情很多，哪能三天兩頭來陪你吃飯。」阿姨帶著微笑打斷了爸的追問，她一直是相當體貼而敏銳的人，我很喜歡她，然而正因為她站在一個微妙的位置上，所以對她的喜歡卻始終無法造成親近，「晚一點小剛也會回來，好久沒有大家一起吃飯了。」

「嗯。」

「說人人就出現了，快點洗手過來吃飯吧，今天做的菜都是艾珍和你喜歡的。」

如果不仔細看其實是很融洽的一頓晚餐，爸爸和阿姨開心的讓對話填滿所有空隙，志剛哥也逐漸融入這種久違的氣氛之中，唯獨我無論如何都無法讓自己好好的安置在任何一個位置。

雖然說能夠微笑能夠回應卻絲毫無法屬於這裡。

「要喝茶嗎？」

「謝謝。」接過了志剛哥遞過來的熱茶，跟他的相處反而比跟爸來得輕鬆，因為他從頭到尾也是將這裡視為「爸跟阿姨的家」。

「妳不用想太多，也不用勉強自己，只要我們來陪他們吃飯，就算一句話都不說，他們也還是會開心的。」

「其實我很喜歡阿姨。」

「我知道。我媽跟叔叔都知道，但是每個人有每個人處理感情的方式，沒有必要一定得像他們那麼熱絡。」

「當老師的人都把開導人當作第二生命嗎？」我揚起淺淺的笑容，「不過茶還是一樣沒有味道。」

志剛哥輕輕笑出聲，「我才沒那麼敬業，是因為妳才有的特別優待，還有、晚上喝濃茶會睡不好，我那麼細心的男人是會把所有事情都考慮進去的。」

「要去散步嗎？」

「嗯？」

「希望是錯覺，但是感覺妳精神不太好，這時候來個悠閒的散步會很有用的。」他淘氣的偷偷使了眼色，「那兩個人剛剛一直扯著我，要我來打聽妳是不是心情不好，畢竟我是哥哥啊，如果待會散步回來妳就開心的笑了，下次我說什麼他們就會言聽計從了。」

「哪那麼誇張。」每次跟志剛哥聊天就能得到很大的寬慰，因為是個善解人意又值得依靠的類型吧，「走吧。」

□

「晚上的空氣好多了。」

「但是台北很難看見星星。」

「這就是你跑到花蓮的原因嗎？」

「三分之一。」志剛哥像是要吊人胃口一樣給了模糊的答案。

「那其他的三分之二呢？」

「三分之一是那裡的孩子，另外的三分之一，是一個也跑到花蓮的女孩。」

「沒想到你是這麼浪漫的人。」

「這也沒辦法，愛情就是會讓人不顧一切的往前衝。」他突然靠向我，「不准告訴我媽還有叔叔，要保密，千萬要保密，不然他們就會開始要我結婚了，怎麼可以那麼快死會。」

「嗯哼，」我也把身體傾向志剛哥旁邊，帶著愉悅的微笑，「你要拿什麼來收買我呢？」

然後我的嘴角凝結在那一個瞬間，突來的緊繃引起了志剛哥的注意，順著我的目光，遠處能看得清晰的位置站著一個同樣望著這裡的男人。楊修楷。

我以為一個月前的那個轉身會是我對他最後的印象。

「不要讓他誤會比較好吧。」

「嗯？」接著志剛哥拉起我的手，筆直的往楊修楷走去，而他從頭到尾都沒有將目光從我身上移開。

只要對志剛哥說「不是你想的那樣」就好了，本來就不應該走近的，就算被誤會也無所謂，因為劉艾珍的人生跟楊修楷一點關係也沒有。只要說出「不是你想的那樣」就好。

但我卻一個字也說不出口。望著楊修楷太過深邃的雙眼，雖然那麼遠看不清楚，不、就算走近其實也看不出之中含藏的心思，然而卻因為他那彷彿什麼都能夠承載的眼神與微笑，讓我在猶豫的那秒鐘又看見了曾經脫軌的自己。

我想起了以心疼的眼光看著我的那個楊修楷。

「你好，是艾珍的朋友嗎？」

「嗯。」楊修楷很快的就整理好情緒，揚起和起初認識他一樣那種溫柔卻不帶情緒的笑容，「你好，我是楊修楷。」

「我是艾珍的哥哥。」志剛哥立刻剪斷所有曖昧的可能，他看了我一眼，「你趕著去哪裡嗎？」

「沒有，我剛結束工作。」

「那艾珍就暫時麻煩你了。」志剛哥輕輕拍了我的背，給我一個鼓勵的微笑，接著轉向楊修楷，「這孩子需要多一點的時間，不管是散步或是其他事情。」

「今天很適合緩慢的散步。」回應著志剛哥但視線的落點卻在我的身上。

「那我先走啦，十點半我在路口那間超商等妳。」

然後就留下我跟楊修楷兩個人。

「抱歉，志剛哥可能誤會些什麼了，你不用留下來陪我沒關係。」

「陪我散個步好嗎？」

「嗯？」

「結束一整天的工作，適當的散步有助於精神的放鬆。在書上看到的。」

我和楊修楷並肩走在人來人往的路上，已經逐漸忘卻的那種注視，卻因為身旁的男人又開始成為眾人投注的目標。

這樣的視線會讓那段日子的印象太過鮮明。

「阿磊辭去了咖啡店的工作，但是回家待了幾天就又離家出走了。」對於楊修磊的話題，我不知道該給予什麼回應連同表情，於是我只是安靜的聽著他說話，「還有跟阿磊聯絡嗎？」

「沒有。」

我的步伐和他的步伐緩慢的像在拖曳些什麼，我沒有回頭望向背後長長的影子，那不過就是漆黑而看不透的黑，只要一轉身彷彿自己便會被吞噬進那無盡的深淵之中，即使清楚的踏著地面，卻正因為明白自己並沒有移動而更加恐怖，那種意識上近似失速的墜落，沒有能夠抓握的救援。

因為我還是一動也不動的站在原地。

「我跟他連朋友都稱不上。」

「是嗎？」楊修楷停下太過緩慢的腳步，站在我的面前，認真而不帶笑意的望著我，「妳愛阿磊嗎？」

我愛楊修磊嗎？

「我不愛他。」我跟楊修磊根本是兩個世界的人。但是我卻躲開他的目光。「我從來沒有愛過他。」

「艾珍。」

「嗯？」

「我會記住這句話。」楊修楷堅定而清晰的說，「只要妳這麼說，我就會這麼相信。」

楊修磊不希望我愛上楊修楷。而楊修楷同樣的也向我確認我並不愛楊修磊。

同時我也堅定的確認自己不愛楊修磊也不愛楊修楷。

然而楊修楷卻開始出現在我的生活之中，於是才剛剛走回原先艾珍的軌道的我，又被另外一個人拉離，縱使這並不是另一個謊言卻同樣將我推置到眾人的問號和流言之中。

□

「艾珍不是跟阿磊分手了嗎？怎麼上次我還看見她跟阿磊的哥哥一起吃午餐？」

「該不會是艾珍選了哥哥不要阿磊吧？就算是弟弟的女朋友，常常來找她吃午餐本來就很奇怪了，分手了之後還在一起，一定有問題吧。」

「怎麼可能，那個艾珍怎麼可能會那麼搶手。」

「有些時候越不起眼的女人才越可怕，不要看她這樣，能跟阿磊在一起就已經夠誇張了，現在又來一個他哥哥，誰知道她暗地使了多少手段。」

這些流言蜚語透過任何可能的縫隙鑽進我的生活，最後連琳亞也對我投以質疑的眼光。

「妳不是說跟阿磊的哥哥不熟嗎？該不會不介紹給我是因為妳早就喜歡他了吧？」

為什麼我得給予解釋不可？和誰吃飯和誰交往和誰分手都不關他們的事不是嗎？

「我跟他只是朋友。」

「那妳為什麼跟阿磊分手？」琳亞挑起了我一直模糊帶過的問號，「妳從來沒有回答過我這個問題。」

「因為覺得不適合。」

「是他提分手的嗎？」

是。這是所有人包括琳亞預設的答案。我看了她一眼，緩緩點了頭，「嗯。」

「那妳跟他哥哥……」

「我跟他只是朋友。」沒有人會容許路人和兩個王子都跳上一支舞。

事實上，這裡從來就沒有舞會。

□

「以後，可能沒辦法跟你一起吃午餐了。」

楊修楷的笑容還掛在臉上，眼底的笑意卻逐漸消散，「抱歉，總是沒有事先告知妳就突然出現，但就是怕妳會拒絕。」

「不是那樣。」隱約的我也能感覺到楊修楷所傳遞而來的訊息已經不是對於當初那個艾珍的簡單友善，不、而是在他眼底那些細微的什麼，逐漸被他加深，而達到了我所能開始分辨的閾值。「但是大家都知道你是楊修磊的哥哥。」

「對不起，我沒有考慮到妳的立場。」

我輕輕的對他搖了搖頭。

「那麼，我的存在對妳、單單對妳而言，是種困擾嗎？」

我不明白楊修楷的問題。我不能明白楊修楷的問題。然而我卻越來越期待他溫暖的微笑。

「不是。」

「艾珍？」楊修楷要的是更堅定也更清晰的回答，我不斷的告訴自己不能，卻還是無法遏制自己想要回應他的衝動。

「你對我而言並不是困擾。」

於是他笑了。比過去的哪個微笑都要更加熱切。

從那天開始在楊修楷眼底的情緒越來越明顯，很清晰的就能分辨他的感情，我當然明白他是一個太過習慣藏匿自己的人，也因此更加明白他的動作所透露的意涵。

「我曾經說過，如果是我的話，說不定也會愛上妳。」楊修楷和我間隔的距離也越來越縮小，幾乎是能夠擦過他手臂的貼近，他並不在意我始終站在原地，因為帶著笑容的他正緩慢而確實的朝我走來，「我的預感一向很準的。」

不僅僅是眼神情緒或者動作，連話語之中也不時出現這樣太過曖昧的陳述，就像是只要我抬起腳步，立刻就能跨到他那邊一樣；然而我卻不斷的告訴自己，我跟楊修楷從頭至尾就是不同世界的人，卻同時帶著這樣的認知凝望著他。

「楊修磊說過，」我深深吸了一口氣，太過曖昧的距離並不是只有一條通往美好的路徑，也可能是退回比起點更疏遠的遙遠，「楊修楷不能愛上我。」

「這是我應該要解決的問題，劉艾珍只要清楚的知道自己的愛或不愛就夠了。」

但是很久以後我才明白，楊修磊的這句話並不單單指涉表面性的意義，而是更深的、關於楊修楷的愛情，我想楊修楷早就已經看穿楊修磊的心思，卻還是選擇用如此堅定的語言傳遞給我。

所以，其實楊修楷在我察覺之前，就已經義無反顧的拋出自己了。

那種拋出，如果沒有哪個人在底下承接住是會直接落地的，因為愛情並不像高空彈跳在背後還綁著一條繩索。

楊修磊看見了。楊修楷也明白。

那為什麼那一瞬間的我卻什麼也看不清呢？

對我而言他更是一個讓人心疼的男人。

在他的傘下和他一起走進雨中的時候，我的淚水隨著打在傘面上的雨滴一起滑落，仔細看著路並且小心不讓雨沾濕我的他不會發現低著頭的我正流著淚；然而他終究會發現的。

07

我想是因為雨的緣故。

雨突然下得好大。被困在書店外走廊的我只能望著雨，以為不會下雨的，連續好幾天都是這樣陰灰的天氣，放在包包裡的傘卻一次也沒有開過，卻在終於決定不帶傘的今天下起了滂沱大雨。

如果打電話給楊修楷他就會來接我吧。

對於開始出現這種念頭的我，偶爾會想起當初楊修磊對我說過的話語，即使楊修楷的態度沒有任何能被質疑的空隙，然而真正的裂縫是存在於我的體內。

越來越依賴楊修楷。越來越期待他的微笑與出現。越來越在意他的一舉一動。

然而這樣的我真的愛上楊修楷了嗎？

雨到底什麼時候會停，這樣想著時候，大雨中突然出現一個慢步行走的人，在離我不遠處停下腳步轉身面向我，花了一段時間才從太過大的雨中分辨出那張過於精緻的臉，但在這種雨中毫不在意他人目光任性妄為行走著的人，大概也只會是楊修磊了。

就在我以為他會轉頭離去的下一秒鐘，他便朝我走來並且跨過了雨，踏進了廊下的寧靜。他不發一語也沒有任何動作，就只是站在原地看著我。

看著濕透的他，面紙大概一點用處也沒有，但我還是從包包中拿出面紙遞給他，而他在接過之後絲毫沒有擦拭的打算，直接放進了褲子後方的口袋裡。

知道面紙大概沒有用處的我，還是遞出了面紙；知道面紙沒有用處的他，還是接過了面紙。

就像是不久之前的那場謊言到最後一點用處也沒有。

但卻有什麼從他那裡傳到了我這裡，或是從我這邊遞到了他那邊。但我想終究是一點用處也沒有的什麼，所以不必分辨出來也無所謂。

「妳看起來很好。」

「嗯。」

我突然想起從頭到尾楊修磊都沒有說出對不起，這個男人大概不知道什麼是道歉吧。然而如果沒有楊修磊，我也不會遇見楊修楷。

跟楊修磊之間時常沒有聲音，因為他不是一個會主動用話語填補空隙的人，而我也不擅長閒聊，所以大多時候和他對望的時候，因為沒有話語所以就只有對望而已。

在我眼前的這個楊修磊，似乎和印象中有所不同。

然而我沒辦法好好分辨出之間的差異，並且已經落在記憶中的他，本來就不是我能清晰看見的存在，即使他有所改變，那也是屬於楊修磊的事情，只要他不是為了我而改變，那麼就沒有必要太過專注。

太過專注的時候，往往會產生連自己都無法控制的結果。

「我要走了。」

在他轉身的那一瞬間差一點我就拉住他了。

突然有一種衝動想要問他，我真的不能愛楊修楷嗎？

然而看著他逐漸沒入雨中越來越模糊也越加縮小的背影，終於我發現這個問題是個再也不能問出口的問題，無論從楊修磊口中說出的答案是能或者不能，都不是我想得到的答案。

因為他是楊修磊，所以我希望能從他口中得到我能夠愛楊修楷的答案，但卻也因為他是楊修磊，無論如何我都不想從他口中聽見我能夠愛楊修楷的回答。

妳不能愛他。

妳能愛他。

僅僅只是一個字的差別，卻是連相望也無法的兩端。

到底為什麼會那麼在意楊修磊的答案呢？

望著已經沒有楊修磊身影的雨，絲毫沒有停歇跡象的雨，終於我明白，從楊修磊出現的那一天起，我的生命就註定有許多問號是不能夠被解答的。

□

最後我打了電話給楊修楷。

不是因為這場雨，而是因為楊修磊。

「有淋到雨嗎？」

我搖了搖頭，「一走出書店雨就已經在下了。」

楊修楷淡淡的笑了，雙眼倒映的只有我的身影，他伸出手輕輕撥了撥我的瀏海，「接到電話的時候有些訝異，這是妳第一次主動聯絡我。」

其實是第二次。第一次是以為永遠不會再見的那一天，楊修楷不可能忘，只是有些時候假裝忘記會輕鬆很多。

「看見雨的時候就只想到你。」

漸漸的在我和楊修楷之間，楊修磊成為一個被刻意略過的話題，因此在我的思考之中所有關乎於楊修磊的部分都會被主動刪除，所以在這場雨中我所想起的他和他，以及方才遇見的他與眼前站著的他，刪減之後就只剩下楊修楷了。

如果在我跟楊修楷之間沒有楊修磊的話，大概我和他會更快的看見幸福快樂的可能吧。然而如果沒有楊修磊的話，我胸口的空缺也許會深不見底，雖然有他的現在也還是裂了一大塊，卻因為那個裂縫證明楊修磊並不是一個假想。

我到底愛不愛楊修楷？

我到底愛不愛楊修磊？

斂下雙眼，只要好好的注視著楊修楷，這樣的問號就不會再是問號了。

終於我決定要好好的愛著眼前這個溫柔的男人。

如同楊修磊說過的「我們是同類」，事實上楊修楷也是。然而走在兩極的我和楊修楷，做了相同的選擇因而放棄所有掙扎的動作，終究成為眾人期盼之中的樣態，如果能跟這樣相似的人肩靠肩坐在一起會很安心吧。

我想善於看穿他人的楊修楷很早就知道這一點了。只要有對方存在的話，就能強烈的明白自己並不是孤伶伶的一個人，如果能夠牽著對方的手，就能告訴自己放棄並不是一種對自己的毀壞。並且只有讓相似的對方走進自己的世界，才能夠真正得到貼近的溫暖吧。

所以如果是楊修楷的話，就不會讓自己受傷吧。

「走吧。」楊修楷牽起我的手，空白了那麼一瞬間我任憑他握住，但卻還沒有回握的力氣。他是一個太過耐心的男人。

楊修楷說過我是一個會讓人心疼的女人，對我而言他更是一個讓人心疼的男人。

在他的傘下和他一起走進雨中的時候，我的淚水隨著打在傘面上的雨滴一起滑落，仔細看著路並且小心不讓雨沾濕我的他不會發現低著頭的我正流著淚；然而他終究會發現的，因為楊修楷對我的注視，遠比我所能想像的還要多出太多。

那麼他所看見的我，是不是比我自己明白的還要多？

是不是比我所願意承認的還要真實？

「艾珍？怎麼了嗎？」

收起傘的他下一瞬間就是看見我未乾的水痕，伸出手懸在半空遲疑短短一秒，他終於決定用指腹拭去我突來的淚水。他並沒有繼續追問。

或許，根本就不必追問。

抬起眼我望向他，這個人是楊修楷，**是我終於決定要好好愛著的男人。**

終於。

我伸出手緩慢的包裹住停留在我頰上的他的手，想說些什麼卻一個字也說不出口，只好更用力的握住他的手，終於在確認之後他漾開太過溫柔的微笑。

最後他將我擁入懷中，在充滿雨的味道的走廊下，從此之後我會學著記憶起他的味道。

「艾珍，抓住之後我就不會放開手。」

□

很快的楊修楷正式成為我生活的一部分。

只要望著他就能感覺到安心，因為明白這個男人絕對不會讓自己受到傷害，所以漸漸的我越來越相信自己深深愛著這個男人。

然而每當下起大雨的時候，他的輪廓就會突然模糊了起來，就像是站在雨中一樣，所以這時候我會很認真的看著他，很怕下一秒鐘就想不起這個人是誰。我的記憶力一向太過不好。

「在想些什麼？」楊修楷撥了撥我的瀏海，笑著看著不知道已經發呆多久的我，接著在我額際落下淺淺的一吻，「這樣會不會比較清醒？」

「不會。」

「那要怎麼樣才會醒？」

「如果有你的話，就算永遠不會清醒也沒有關係。」

楊修楷的眼中閃過一些什麼，然而還是有太多時候無論我多麼仔細注視，還是分辨不出他刻意隱藏的心思。也許只要問出口他就會毫無保留的托出，然而從那個時候開始的我，已經無法區辨哪些問號是能被說出口的。

「醒著的時候就看不見我嗎？」

「嗯？」

不知道只是巧合或者刻意，楊修楷移開了他的目光，再度望向我的時候又還是一直以來溫柔又深邃的注視，「不管是醒著還是沒有，我就只看得見妳而已喔。所以千萬不要消失在我的視線範圍裡，那時候我一定會很害怕，我一定會邊害怕邊瘋狂的找妳，所以千萬不要突然不見。」

「你也會害怕嗎？」我的手緩緩的撫上他的臉頰，他隨後握緊我的手貼靠在他的頰上。

「我也只是一個普通人而已。」

「但是常常我看不透你。」我說，「就算很認真的注視著你，卻還是只能看見你的笑容，可是我想知道的比這樣溫柔的笑容還要更多。」

「我還不習慣將自己太過直接的表現在另一個人的面前，而且常常會擔心，如果妳看見真正的我之後，會不會感到失望。」

「為什麼會失望？」

「因為我並不是那麼溫柔完美的人。」

「我並不是因為你的溫柔完美而愛上你的，因為你是個讓人心疼的男人。」

「那妳會永遠心疼我嗎？」

永遠。我沒有辦法隨意的說出這兩個字。因為在我身軀之中的永遠是一種疼痛。

「我沒有辦法給任何人永遠的承諾，但是我希望能夠這樣一直愛著你。」

醒來的時候我看見楊修楷深深的笑容。

花一段時間才終於想起來，昨天我待在這裡一整夜。這是我第一次留宿在楊修楷的住處。

伸手碰了碰他的臉，很多時候我需要憑藉著這樣的動作才能確認這是真實的場景，因為某些我的夢境所出現的輪廓並不和楊修楷那麼吻合。大概只是因為我本來就不善於記憶任何事物，尤其是人的面孔。

「不是在作夢，我就在這裡。」

「修楷。」

「嗯？想我了嗎？」

「我好像夢見你。」

「夢見我什麼？」他始終是這樣笑著，和夢境中不笑的他有些不一樣，然而我的夢也就只能出現他了。

「夢見你不要我了。」

楊修楷突然用力將我拉進懷裡，「艾珍，那只是夢不是真的，我絕對不會不要妳的。」

「為什麼能夠那麼堅定的說呢？」

並不是懷疑他，只是我們真的能夠篤定下一秒鐘或者下一個日出的感情，絲毫不會消卻嗎？

「因為我好不容易遇見妳了。」

那麼是不是代表在楊修楷的心中已經開始有一個位置是關於劉艾珍的陷落？

他總是用著很輕很溫柔的眼神與話語包裹著我，然而卻又在那些淡如羽毛的舉動之中將太過濃重的情感傳遞到我的胸口，正因為是同類的關係，所以那種振動並不單單只是振動，而是一種類似共鳴的細微，卻一點也不漏的貫穿整個身軀。

靠在楊修楷懷中，沒有雨只有他的氣味，我很努力很努力的去記憶關乎於他的一切，總有一天能夠不靠努力就能想起他吧。

但是他說，不用那麼努力也沒有關係，因為他會一直在我身邊，就算記不起來也能夠立刻看見他。

這麼說著的時候，即使他還是帶著淺淺的微笑，但事實上他究竟在想些什麼呢？

「那如果我再作一個夢，會夢到你很愛我的夢嗎？」

「妳不用作夢我就已經很愛妳了，但如果不小心又作了惡夢，記得立刻醒來看看我，我會告訴妳那只是一個夢。」

然而無論多少次，我所夢見的都還是那一個模糊輪廓安靜無聲的注視，終於轉身離去的畫面。

我深深的呼吸，反覆回想著他的微笑他的溫柔他的愛與他的努力，我已經決定要好好愛著他了，那麼就不應該始終停在原地看著他辛苦的朝我走來，還帶著不被察覺的不安。

08

再次見到楊修磊是在楊家餐桌上。

楊修楷以「女朋友」三個字正式將我介紹給他的家人，冷漠的父親不悅的母親還有看不出任何情緒的弟弟。

這樣的場景太過明白地驗證了楊修磊當初說「楊修楷不可能愛上妳」的話意，絲毫不門當戶對也不優秀或者亮眼的我，單單憑藉著楊修楷的愛情就堂而皇之的踏進這裡，並且誰都能感受得出楊修楷這個動作的意義。

當他更加明白的宣示「劉艾珍並不認識楊修磊」這件事，這更加突顯了他抹滅在我和他再度見面之前的記憶的決心。事實上楊修楷在許多地方和我有微妙的相似，只是他讓人看不出軟弱。任何的。

沉重的晚餐，楊修楷不斷的給我鼓勵的眼光和支持的碰觸，就像他所說的「任何事情我都會解決，妳只要愛著我就好」，我選擇相信楊修楷。我也只能相信他。

楊修磊從頭到尾都沒有說出一句話語。

在我幾乎忘卻他的聲音的時候，有那麼一瞬間想著「如果他說些什麼說不定我就能夠回想起」，但下一秒鐘卻又希望什麼都不要想起。回憶並不是我擅長的事情，並且是完全不需要回憶的過去。

到底我和楊修磊之間除了那些拉扯還有對峙之外還有些什麼嗎？

沒有。

我跟楊修磊之間連記憶都快要消卻了。

「妳不要以為仗著修楷的愛就能夠踏進楊家大門。」

楊修楷的母親找到了一個空白，即使楊修楷始終陪在我身邊還是能被找到空隙的，只要仔細的注意著我和他的一舉一動，很輕易就能像他母親一樣毫不留情的丟出這句話。

不知道該回應些什麼，表情動作或者情緒都停滯在她句號的延長，最後我只能安靜的低下頭。

「小磊你不留下來嗎？好不容易才回來這一趟。」

順著伯母的聲音抬起頭並且將視線落在不遠處的冷淡男人身上，他直直的望向這裡，到底是投向他母親還是我，這也不是一個能被思考的問題。我想移開目光卻不知道下一次會以什麼樣的形式見到他，說不定從這一刻之後我再也不被允許直視他。

於是我望著他。

「我只是回來吃這頓晚飯。」我彷彿聽見他的呼吸，很慢很深很長卻太過短暫，「哥很堅持。」

然後先移開的是他的眼光，接著是他的身影。

最後是楊修磊這個存在。

□

和琳亞走在星期六午後的街道上，聽著琳亞說話而我漫不經心的盯著路面。

其實我並不喜歡人群，一閃而過的臉孔氣味和顏色，雖然就像我的記憶一般眨眼之後就難以被回想，然而總有某些時刻出現一個太過特殊的路過，例如穿著太過鮮紅的大衣、牽著一隻亂竄的拉不拉多或者塗抹過於濃郁的香水，這種強迫式佔據記憶的事物根本無法抗拒，因此說不定在資訊太過龐大的人群之中，會有突然勾起那些片段的不期然。

有太多片段是不能被回想的。

「艾珍，」琳亞突然停頓了好一會兒，「不覺得跟阿磊分手很可惜嗎？」

可惜？在愛情之中是沒有可惜這兩個字出現餘地的，唯有在存在目的性的前提下才會感到可惜，想著「放過那個男人實在太過可惜了」這樣的念頭，到底可惜的是什麼？

真正的愛情之中只有遺憾或者，空缺。

「沒什麼可惜的。」

我突然想起來，即使和楊修楷穩定交往了好一陣子，我卻沒有主動和任何人提起我和他的關係，甚至他這個人。

在他踏進我的生活之後，一切的疊合都是他的努力與跨步，例如宣示我和他的關係，或者一點一滴的從我這邊索取什麼，並不是很猛烈的愛情，然而卻確實的讓楊修楷成為我的一部分。不、其實楊修楷並沒有隱藏那一點，他的愛情並不是平淡而緩慢，只是他太過有耐心了。只要認真凝望著他的眼，就能知道他的情感始終在我能夠負荷的臨界。

我所能負荷的量增大之後，注視他的時候他的情感也跟著再度觸碰邊界，反覆循環他的耐心我的習慣以及我的記憶逐漸在消卻，總有一天劉艾珍真的就會成為一個很愛楊修楷的人了。

他是明白的。因此他也只讓我看見這樣的最大限度。

「那麼棒的男人……」

琳亞的語氣之中有明顯的可惜，和些許的鬆一口氣，或許是因為一時因為楊修磊而被聚焦的我又回到了無光的觀眾席；但是那也只因琳亞還沒拿到另一場表演的入場券，舞台上的楊修楷牽著我的手，想招攬更多觀眾卻又擔心因為太多觀眾而讓我逃離舞台。

在這場愛情之中，楊修楷的付出多過太多。

他卻還是溫柔的微笑著。

「其實我跟楊修磊沒有關係。」

「什麼？」琳亞的詫異掩蓋了方才說出口時的隱微疼痛，因為沒有疼痛的理由那麼就只是錯覺吧我想，「是分手之後沒有關係了，還是……」

「從頭到尾我跟他就不是男女朋友。」

什麼也不是。

「為什麼？」琳亞停下腳步將所有的注意力放在我身上，或許是「這件事」之上，「那為什麼要這樣說，而且連楊修磊都這樣說……」

所以如果從我口中說出那麼就只是路人的幻想，在眾人心中王子根本沒有與路人跳舞的必要。

「該不會是因為要跟潔安分手吧？」

嗯、因為潔安是在我們之中最適合當公主的人，最適合用來說服自己「因為比不上她啊」，而不是像看著我時懷著「明明我就比她好」的心思。

「不知道。」

琳亞並沒有問「為什麼妳要跟他一起假裝」，我想在每個人心中，都會認為即使只是謊言，只要能站在楊修磊身邊就好吧。

然而她們所看見的楊修磊，和我所看見的他是截然不同的兩個存在。

我想短時間之內這個事實就會在所有「聽說」過楊修磊的人之間傳遞，很快的每個人就會知道「劉艾珍跟楊修磊根本就沒關係」這件事，很快的我就會和楊修磊這三個字徹底區隔，很快的在楊修磊的聽說之中不會再有劉艾珍……

「這件事就只有妳知道。」我斂下眼，「因為答應過他的。」

在我意識到之前我就已經這麼說出口了。

「當然不會講啊，是秘密吧。」

「嗯。」秘密。楊修磊在我心中也是一個秘密嗎？

「那為什麼他哥哥會來找妳吃飯啊？該不會連他都騙吧。」

楊修楷。我深深的呼吸，反覆回想著他的微笑他的溫柔他的愛與他的努力，我已經決定要好好愛著他了，那麼就不應該始終停在原地看著他辛苦的朝我走來，還帶著不被察覺的不安。

到底在不安什麼呢？

或許是因為我沒有任何動作，因而無法確認我的愛吧。
所以只要讓楊修楷看見我的回應，那麼那股隱約的疼痛感就會被消弭了吧。
「我和楊修楷……」只要說出來就好了，「我和他在交往。」
嗯、只要這樣說出口，我就讓楊修楷踏進劉艾珍的世界裡了。

□

「我告訴琳亞我們在交往。」
楊修楷撥了撥我的瀏海，凝視著我的雙眼中又加深了些什麼，我看見我的倒映還有他的熱切，「艾珍，千萬不要勉強自己。」
「我沒有勉強自己。」
愛著楊修楷並不是一種、勉強。
他將我擁入懷裡，「我很有耐心的，只要妳願意朝我走來無論多麼慢我都會等，艾珍，**就算妳站在原地不動我也還是會過去的，**只要妳不要轉身就好。」

只要我不要轉身就好。

那麼我轉身之後會看到什麼呢?沒有楊修楷的世界說不定就是一片荒涼。而且我不想成為楊修楷心底的空缺，那種缺口太過空洞無論如何整個人都無法完整，無論如何我都不想讓這個這麼愛著我的男人失望。就像是當初爸爸凝望著媽媽蒼白臉龐的那張臉，就像是媽媽狠狠拒絕了爸爸所有的愛。就像是我們永遠都到達不了對方。

於是我們只能拚了命填補懸空的彼端，卻始終沒有察覺那已經成為沒有接口的斷崖。越拚命越空乏。

無論如何我都不能讓楊修楷掉進黑洞之中。

「我讓你那麼不安嗎?」

安靜的他的呼吸，聽著他的心跳嗅聞著他淡淡的香味，這些屬於楊修楷的片段一點一滴的拼貼上我的生命，如果能遮掩什麼的話，所以只要回想的時候的一個能夠想起他就好。

「我只是太愛妳而已。」

為什麼這個男人能夠在我之前放進那麼多的愛情以及自己呢?

這麼耀眼又堅強的男人為什麼要毫不保留的讓我看見，我的愛情是他無法放手的浮木呢？

但我又有什麼力氣能夠拉他上岸？

「為什麼會愛上我呢？」

「因為妳是第一個能夠走進我的世界的人。」他溫熱的氣息輕輕飄送著，隨著聲音傳來的振動，「雖然過去的我多多少少阻隔著其他人的感情，但我想是因為突然有一天，發現那些人的感情就算自己打開了通道卻也進不到自己的世界，到底是為什麼呢？說不定是因為自己沒有愛上另一個人的能力，因為對方都已經捧上感情了不是嗎？有很長一段時間都這樣懷疑著自己，但是直到妳出現之後，我才發現，就只是因為**還沒遇到妳**而已。」

但是一開始在他面前的劉艾珍是「弟弟的女朋友」。

他似乎嘆了一口氣，又或許沒有。

「那是第二次見到妳的時候。第一次到妳公司和妳一起午餐那時候。其實我從來沒有相信過妳是、妳是**阿磊的女朋友**，我也不知道是因為直覺還是打從心底不希望，但我想在自己意識到之前，就已經把妳放在心上了。」

楊修楷打從一開始就發現我和他是做出相同選擇的同類吧。

那麼曾經在他面前表現出不尋常激動的楊修磊，傳遞到他心中的又是什麼感受呢？

「我說不定會成為你的空缺。」

楊修楷安靜的注視著我，緩慢卻太過堅定的將振動傳進我的心底，「就算是空缺也無所謂，我是抱著這樣的覺悟決定將妳拉進我的生命裡的。」

我不發一語的望著他，有些氤氳又有些模糊，明明只要伸出手就能觸及的對方，在凝望之中卻像是隔著數個光年那麼遙遠。

「從我能夠記憶開始，我的世界就只有我一個人，無論多麼努力的伸長手、多麼賣力的大喊都一點用也沒有，每個人所看見的楊修楷都是溫暖而明亮的，這樣的人不會孤單不會寂寞也不會需要另外一個人的安慰，但是艾珍，在我即將放棄尋找並且要將外界與我的世界唯一通道切斷的搖擺之中，妳走了進來。在妳的眼神之中，我看見與自己太過相似的反光，」他握緊我的手，斷卻那狀似光年的遙遠感，「並不是因為相似而抱持著相互取暖的心思，而是因為相似妳才能看見真正的我。」

我和楊修楷是同類。

同、類。

那麼曾經毫不留情的對我說「我們是同類」的楊修磊呢？

然而無論是我或者楊修楷都太過明白，這個時候所能被提及的楊修磊，只是一個「讓劉艾珍和楊修楷相遇」的媒介，不能再有其他了。他的名字也不能夠被複誦。

所以就只能有楊修楷了。

「修楷。」

「嗯？」

「我的心底只能放得下一個人。」我抓緊他的衣襬，胸口突然有些泛疼。楊修楷是我愛的人。「你是我要放進去的人。」

我很愛楊修楷。

如果無法拉他上岸那麼就一起沉沒也無所謂。

「艾珍，」他輕輕將我拉離懷抱，用絲毫無法閃躲的目光直視著我，「妳已經在我心底了。」

我知道。

因為楊修楷是太過讓人心疼的男人。

「你相信有永遠嗎？」

「我不需要永遠，我只要妳。」

「讓一個人成為一種永遠需要很大的勇氣。」

「在我察覺之前，妳就已經成為我所期盼的永遠了。」他的右手撫上我的臉頰，深深的凝視著我，但到底在他眼中看見的究竟是什麼樣的劉艾珍呢？「我就只能看見妳了。」

所以，我也就只能看見楊修楷了。

是真的楊修磊耶……可是楊修磊為什麼會在這裡呢？艾珍的世界裡不應該有楊修磊喔……一次出現兩個王子是犯規的，這樣就跟媽媽說的故事不一樣了……王子只能有一個喔……可是艾珍明明就不是公主……

小艾珍常常作一個夢，夢見王子的出現，然後告訴小艾珍：「親愛的公主，我終於找到妳了。」

媽媽告訴小艾珍，每個女孩都會有一個王子，不一定是像故事裡一樣必須殺掉惡龍或是拿著玻璃鞋尋覓，但是最後一定會找到女孩，然後給她一個輕輕的吻。就算王子找了公主好久好久，最後也不會生氣或是放棄，而是露出微笑滿足的看著公主。

「親愛的公主，我終於找到妳了。」這麼說。

小艾珍一直等著王子的出現，但艾珍終於在某一天發現，其實自己並不是公主，就算出現王子也不會對著自己說出那句小艾珍期盼的話語。

但是艾珍的眼前真的出現王子了。

楊修楷帶著溫柔的微笑輕輕的告訴艾珍，「我終於遇見妳了。」

王子對艾珍伸出手，因為在這個國度裡每個人都相信，只有公主將手放上王子的掌心舞會才會開始；看著耐心等待著艾珍的王子，就在伸出手的時候她突然聽見曾經有人說過「因為我看見妳了」，但無論如何都想不起來，但是王子卻發現了艾珍的猶豫。

那個人是你嗎？

艾珍突然這麼問著王子，於是王子牽起艾珍的手開始了舞會。

最後艾珍想，也就只會是王子了。

因為在媽媽說的故事裡，只會有**一個王子**出現在小艾珍的面前，所以艾珍腦海中浮現的聲音，說不定是很久很久以前王子就曾經來過的痕跡。

所以艾珍決定握住王子的手，因為只有這樣舞會才能順利的開始，也才能完成王子的愛和小艾珍的期盼。

艾珍的世界裡就算什麼都沒有也無所謂。

但是舞已經開始了。

□

我又作了同樣的夢。

然而這次醒來身邊並沒有楊修楷，而是空蕩蕩的房間和空蕩蕩的我，深夜兩點十五分，我爬起身穿起外套，這樣的夢太過反覆因而逐漸清晰。

模糊輪廓的冷淡男人，漫長的注視與轉身的斷然，即使知道不過是夢境卻還是在清醒時感到疼痛；楊修楷說他絕對不會轉身離開，那麼斷然離去的人又是誰？

不過就是夢。

帶著些許的恍惚，我走到那天之後就刻意繞過的公園，一樣的路徑一樣的長椅卻已經什麼都沒有了。

但原本到底有些什麼呢？

坐在長椅上盯望著圍繞著路燈的飛蛾，因為那不是火所以無法成全牠們的想望，終究也只能一次又一次的被玻璃燈罩撞擊而回，然而牠們卻還是反覆的趨前，彷彿相信只要不放棄就能得到火光。

只要奮力向前就能觸碰愛情。

我想大概是夢吧，楊修磊是不應該出現在這裡在我的面前，更不該帶著無語的眼光凝視著我。那麼是夢，我也就能夠毫不閃躲的回望吧。

「妳不知道這麼晚一個人待在這邊很危險嗎？」

冷淡的聲音在只有我和他的空間中太過清晰的傳來，我突然想起那個時候轉身離去的楊修磊。並不是夢。

「楊修磊？」

他不發一語在我身邊坐下，太過刺眼的空白但我和他從來就沒有貼近過，無論是帶著惡意趨近的他或者在餐桌上冷漠撇開眼的他，在劉艾珍和楊修磊之間從來就只有相互利用或者相互否認而已。

好冷。

深夜的風很輕卻太過寒冷，穿著單薄外套的我不自覺的瑟縮，即使相隔著無法跨越的空白，這樣隱微的震動還是傳遞到他那邊。

「去喝酒嗎？」

你知道我不能喝酒。滑到喉嚨的語句卻又被吞嚥而下，楊修磊應該不知道任何的劉艾珍。我和他之間並不存在著任何記憶。一切都是從那張餐桌那頓飯局開始。他是楊修楷的弟弟。

所以對於這樣毫無交集的男人，因為是楊修楷的弟弟，所以是能答應的吧。

因為夢裡的那個人應該說的是「去喝酒吧」，而不是帶著能夠被拒絕的問號。所以果然是夢吧。

「嗯。」

最後我和他在冷風中灌著冰冷的酒，即使是最低限度的氣泡酒，然而**無法負荷的東西就是無法負荷**，反正都已經超過承載了，那麼就大口灌下酒精也無所謂吧。無論如何結果都是一樣的。

無論如何結果都是一樣的。

「欸楊修磊，」我在他面前晃著不知道第幾瓶的玻璃瓶，「你說這樣一直喝一直喝會不會就把你通通忘掉了？」

楊修磊到底回答了些什麼呢？

也說不定他根本連開口的動作都沒有。

「我一直作一個同樣的夢喔，裡面的男人都不說話就只是一直看著我，看著看著就突然決定轉身離開了……為什麼呢？我想問他可是卻說不出話來，想拉住他手也抬不起來……說不定是因為夢啊，所以也不是我想怎麼樣就做得到對吧……你知道嗎？那個人長得跟你好像……

「可是張開眼睛之後，看見的是修楷喔……很神奇的事情吧，因為是兄弟所以長得很像吧，所以我想說不定那個人是他不是你，因為我為什麼要夢到你呢……他說他不會轉身離開，所以我也不可以不見……嗯、艾珍不可以不見……

「但是楊修磊就不見了呢……嗯、可是你現在在這裡耶……」我的手摸上他的臉頰，「是真的楊修磊耶……可是楊修磊為什麼會在這裡呢？艾珍的世界裡不應該有楊修磊喔……一次出現兩個王子是犯規的，這樣就跟媽媽說的故事不一樣了……王子只能有一個喔……可是艾珍明明就不是公主……

「欸楊修磊，」他的臉開始模糊，我很仔細的看著也還是看不清楚，「你在這裡嗎？」

有些時候我們希望那些是夢。

卻又慶幸醒來的時候發現那不是夢。

□

頭好痛。

張開眼我花了一段時間才能看清身邊的東西，淡藍色的床單視線的遠方是書桌桌腳旁散落的書和CD，我皺起了眉太過刺眼的陽光從窗邊透進，不熟悉但並不陌生的房間，下一秒鐘他的背影進入我的視野之內。

他轉身。並不是離去而是走近。

好不容易我爬起身，接過他遞來的溫開水，整個房間我只聽見自己的吞嚥，他沉默的坐在椅子上，而在最後一滴透明液體滑入喉中時，他終於打破了瀰漫的凝滯。

「還要嗎？」

我搖了搖頭，仍然將玻璃杯握在兩手掌心，藉由它的觸感來告訴自己這並不是一場夢。

劉艾珍到底希望夢醒還是永遠不要醒？

「對不起，我不該喝酒的。」

「不要在楊修楷面前喝酒。」楊修磊移開在我身上的視線，楊修楷這三個字彷彿是一個重擊，讓我終於看清這不是我能踏進的夢境，「他不會喜歡的。」

「我該回去了。」

在我起身之前楊修磊就離開了椅子，「妳待著吧，我會出去。門反鎖就好。」

無聲的凝望之後終於，他轉身。離去。

「楊修磊。」

他還沒旋開門。還沒踏出這裡。那麼夢能不能晚一點醒？

但是劉艾珍並不能作夢。

在漫長的沉默之後，楊修磊終究走出了這場突來的夢。留下空蕩蕩卻留有他的片段與片段的房間與，我。

我坐在楊修磊的床上，淡藍色的被子還半掩在腿上，手中緊緊握住方才他遞來的玻璃杯，才被滋潤的喉嚨卻又開始乾渴，我低下頭看著圈握住的雙手與玻璃杯，在那之中已經什麼都沒有了。

那為什麼楊修磊問我是不是還要水的時候，要帶著乾渴拒絕呢？

終於我起身離開床，仔細的摺好被子試圖消弭任何一點我曾經來過的痕跡，在這個不存在女人氣息的房間裡也不該留下我的氣味。安靜的刷洗了玻璃杯，小心擦拭放回右手邊的杯架上，站在水槽前的我卻感覺雙頰有些冰涼。我想也許是方才水濺起的緣故。

這間房間裡沒有風，所以關於楊修磊的氣味太過濃郁的瀰漫在每一個角落，我一步一步走著的時候，我小心翼翼呼吸著的時候，我穿起外套拿起包包的時候，都還是攪動了室內凝滯的空氣。沾染了屬於他的氣味。

最後我拿著包包就站在原地，似乎我曾經也站在相同的位置盯望著他的動作，但事實上他並不在我的眼前，那麼大概也只是夢的片段。我已經分不清那些楊修磊的畫面是夢的浮現還是他真的存在過。

所以我異常仔細的凝望著楊修楷，至少如同他所宣示的一般，楊修楷並不是劉艾珍的一場夢。

我突然想起來，今天不是假日但已經過了十點鐘。

打了電話給琳亞請她替我請假，無論是身體不適或者突然有事，通常我們要的就只是一個填補問號的理由而已。劉艾珍為什麼沒有來上班呢？只要能給一個句號就算是毫無邏輯的語句也無所謂。因為大家所關心的並不是劉艾珍，而是卡在胸口那個不輕不重卻還是在的未解。

我還站在原地。

微微發疼的頭和有些僵硬的肢體，我應該要離開的，這裡不是我應該逗留的地方。

但是楊修磊說不定會在劉艾珍離去之前又旋開那扇門，因為這裡是屬於他的世界，或許劉艾珍等的就是那一段**能被偶然解釋的交錯**。只要能夠想著那不過是一種擦身而過，而那一瞬間的張望是能夠被解釋的吧。

是嗎？

突然我想起楊修楷。

因為楊修楷不是夢。

「艾珍？怎麼了嗎？」

電話另一端傳來他確切的聲音。這不是夢。「我只是、突然想聽見你的聲音。」

他輕輕的笑了，「中午去找妳吃飯嗎？」

「我今天沒有去公司。」

「怎麼了嗎？身體不舒服嗎？」

「嗯。」

我不想對楊修楷說謊，但卻找不到任何適切的話語，在劉艾珍的世界之中不應該出現任何關乎於楊修磊的事件。所以我只有輕輕一應，因為不想說謊，因為說不出口，因為什麼都不能說。

因為在楊修楷和劉艾珍的世界之中不應該出現楊修磊。

「在家嗎？」他的聲音出現了擔憂，我卻感到有些刺痛，「我現在過去看妳。」

「我沒事。」我的視線落在那張太過平整的床，「修楷，晚上可以過來接我嗎？」

「一個人在家沒問題嗎？」

「嗯。」劉艾珍一直都是一個人。

「艾珍，」楊修楷的聲音堅定而不容忽視，「千萬不要勉強自己。」

我的呼吸不小心太過大力，楊修磊的氣味突然竄進鼻端，楊修楷的聲音還拖曳在腦中，

「我、不會勉強自己。」

□

回到家沒多久楊修楷就出現在門口。

「怎麼了嗎？還好嗎？」在他擁抱之中還沒換下衣服還沒漱洗的我沾染的是滿滿楊修磊的味道，我用力的抓握住他，大力的嗅聞他的味道，「艾珍？」

「我沒事。」

「有吃點東西嗎？」

我搖了搖頭，絲毫沒有任何食慾，一直以來我都沒有什麼食慾，進食只是日常的行程而不得不被執行，自從楊修磊和楊修楷將我拉離日常之後，進食對我而言成為了可有可無的一項動作。

只要不刻意去想，很輕易就會忘了自己究竟有沒有咀嚼過東西。

楊修楷沖了杯牛奶，親自看著我吞嚥，他接過還留有白色液體的玻璃杯，果然還是不一樣的吧，楊修磊遞來的水一點痕跡都沒有，楊修楷卻確實的留下顏色氣味和口中牛奶的甜膩。

「我很擔心妳。」

「對不起。」我低下頭，楊修楷的眼神太過直接，說不定很輕易的就會發現連我自己也沒察覺的心思。

「艾珍，」他坐近我的身邊，牽起我的手並沒有逼迫我抬頭，「不要跟我說對不起，我只要妳好好照顧自己。」

他說：「如果妳沒辦法好好照顧自己也沒關係，讓我照顧妳，嗯？」

我抬起頭望向他，不很明白他的話意。

「搬過來和我一起住，好嗎？」

那麼這樣的劉艾珍，就完全成為楊修楷世界的居民了。

明明就是一開始就有的預感和明白的結果，為什麼在這一刻無法坦率的應允？為什麼劉艾珍還不想離開只有自己的世界？

「修楷，」我握緊他的手，「這對我來說還太快了一點……我們才在一起沒有多久……」

「已經半年了。」他說，「沒關係，但至少妳需要我的時候，記得立刻告訴我，我會立刻、立刻到妳身邊。」

「修楷。」

「嗯？」

我伸出手輕輕放上他的臉頰，仔細的凝望著他，「我知道你在這裡。」

因為劉艾珍的世界裡只能放進楊修楷。

10

「我的世界只能放進一個人。」

「那麼就只能放進楊修磊。」他毫不留情的掠奪，帶著殘忍卻又哀傷的神情，「並不是楊修楷。」

那為什麼楊修磊又要走進劉艾珍的世界裡？

站在公司外面的男人，那張精緻的臉與不顧他人的姿態引起了眾人的注目，不用確認就知道那逐漸安靜的「聽說」又再度復甦，並且以比過去更猛烈的躁動。

「艾珍、艾珍，聽說阿磊在公司門口耶。」

才剛午休沒多久，整理完表格終於拿起包包站起身的我，就聽見琳亞刻意壓低卻無法掩蓋的興奮。不時投向我的目光，我想起來在那些人的眼中我還是「阿磊的前女友」。

「妳覺得他來做什麼啊？」

「不知道。」

從來我就無法預知楊修磊的動作，即使只要凝望就能明白他從不隱藏的情緒，卻也從坐進那張餐桌之後，他的所有情緒都鎖在冷淡的表情之下。於是我再也看不見印象中的那個楊修磊。

然而在我的記憶之中本來就不應該存在著楊修磊，無論是以在深藍那一個對望作為開端、被迫與他一起站在謊言的中心，或是在那一個夜裡他的轉身離去，都應該被覆蓋或者被挖空。我進行著掏空的動作，而楊修楷努力著覆蓋。

一切的起點就是從那頓晚餐開始。從楊修楷宣示「劉艾珍是我的女朋友」那一個瞬間開始。那是我第一次見到楊修磊。

走出公司的時候就看見他身邊站著潔安。

「原來是來找潔安的，結果阿磊還是喜歡她啊。不過聽說這是潔安第一次那麼執著在一個男人身上耶。」

沒有回應琳亞，楊修磊的目光穿過潔安直直投射向我，他跨過正努力說些什麼的潔安，毫不猶豫的朝我走來。我。

為什麼楊修磊要走向我？

最後他不發一語的拉起我的手，將我帶往所有人的目光中心，也帶離了眾人的視野之中。

同時，也試圖將我帶進楊修磊的世界之中。

「妳愛楊修楷嗎？」

才剛鬆開我的手，還殘留著餘熱和些微的疼痛感，但他突來的問句卻佔據了我所有的注意力，我抬起頭望向他，我愛楊修楷，這是每個人都知道的事情。

那為什麼他要這麼問？

連楊修楷都沒有問過「妳愛我嗎」這樣的問題。

於是我愣在原地，腦中一片空白只剩下映入視野的楊修磊。

「劉艾珍，妳愛楊修楷嗎？」

楊修磊逼近了一步，和他的距離只剩下一步那麼近、那麼遠。再差一點他就要闖入劉艾珍的世界了。但是我卻無法往後退。無論是楊修磊或者楊修楷，都以這種姿態逼近我的世界，我卻連移動都顯得困難。

最後我斂下雙眼，「我和修楷在交往。」

「我問的是『劉艾珍愛不愛楊修楷』。」

楊修磊為什麼非得那麼堅持要從我口中得到這樣的答案？當初他說的不能也被楊修楷用力的打破，只要再堅持一些、只要楊修楷再用力一些，我就會成為無法從楊修楷身邊被拉離的人了。

劉艾珍只能愛楊修楷。

「我愛他。」終於我說出口。

沉默毫不留情的奪取周圍的空氣，我開始感到呼吸有些困難，楊修磊始終沒有挪開距離，而我的視線也只能落在他的胸口。

「妳不愛楊修楷。」

並不是猜測並不是希望也不是一種嘲諷，楊修磊的語句堅定得像一種宣示。妳不愛楊修楷。楊修磊是這麼說的。

「這並不是你能決定的事。」

「也不是妳能決定的事。」

「我愛楊修楷。」我抬起眼望向他這麼，說。

我真的很愛楊修楷。真的。

「只要妳看著我的眼睛，再這麼說一次，我就會相信妳。」

楊修楷對我說，只要妳這麼說我就會這麼相信。楊修磊也對我說，再這麼說一次我就會相信妳。所以從我口中所說出的話語就會成為一種真實，因為劉艾珍這麼相信才會這麼說出口。

到底我還是撇開雙眼，往後退了幾步，卻反而因此更能清楚看見楊修磊，「這根本不關你的事。就算是你哥哥的愛情，也不是你所能干預的事情。」

楊修磊眼底沒有任何笑意，抿起的唇延伸的是他的壓抑，到底他在壓抑些什麼？到底為什麼楊修磊這樣任性妄為的男人需要壓抑？

「我在乎的是劉艾珍的愛情。」

楊修磊從來就沒有在乎的事情，更何況是劉艾珍。說不定這只是他興起的另一場遊戲，就像起初帶著惡意只為了翻覆我的生活一樣。

「就算是劉艾珍的愛情也跟你無關。」

「我說過，」楊修磊扯開有些哀傷有些淒涼但又帶著不顧一切的笑容，「因為我看見妳了。」

楊修磊到底看見什麼？

「那你應該也看見我已經站在楊修楷的身邊了。」

「妳不是說過，楊修磊就是一個惡劣又任性妄為的男人。」他的眼底有些什麼我並不想看見，「這次並不是遊戲。」

不是遊戲又能是什麼？

「我的世界只能放進一個人。」

「那麼就只能放進楊修磊。」他毫不留情的掠奪，帶著殘忍卻又哀傷的神情，「並不是楊修楷。」

但是劉艾珍已經決定要在心底放進楊修楷了。

「我的心底不會有楊修磊。」不會。絕對不會。「……不會有楊修磊。」

為什麼那樣的楊修磊的眼底會出現脆弱和受傷的神情？

「那妳為什麼不敢直視我？」

「因為我只能看見楊修楷一個人。」很輕很淡卻很深沉的一句話語，我的聲音不大但已經足夠讓震動清晰的傳進他的身軀之中。

「那樣的愛情只是一種勉強，妳不會快樂楊修楷也不會。」他伸手抓住我的手臂，以不容我逃避的姿態直視我，「妳只會讓楊修楷越愛妳越深，越愛妳越痛，越愛妳越殘缺。」

「愛你就能得到完整嗎？」我輕輕的笑了，看著蠻橫又自私的楊修磊，「愛著這樣的楊修磊我就能得到完整嗎？」

帶著他的愛蠻橫的出現，說不定哪一天又毫不留情的轉身離去。我無法承受這樣的擺盪，楊修磊所建構的愛情太過無底，只要一失足就會墜入暗無天日的懸崖，再也看不見太陽。

那麼帶著一點疼痛愛著始終溫柔笑著的楊修楷，才是我所能擔負的愛情。

這樣的劉艾珍不適合轟轟烈烈的愛情，只要簡單平淡就好，即使身邊站的是耀眼的王子，卻是輕柔如晨日的陽光而非楊修磊如同烈日一般的灼燙。

楊修磊無語的凝望著我，那樣的目光太過哀傷，然而楊修磊並不是一個會哀傷的人，所以只要轉身離開這裡，就會發現這其實只是一場突來的夢吧。

在我印象中的楊修磊不僅惡劣又任性妄為，更是不顧他人感受並且沒有愛的男人。

所以這樣的男人就不會是眼前這個毫不掩飾自己的脆弱和哀傷的人。

「我想走卻走不了。」楊修磊的聲音太過低啞，「楊修楷要我成為跟劉艾珍毫不相干的人，所以我離開妳的生活，但就算這樣我還是離不開有妳的世界。我沒有愛過人，我不知道什麼叫作退讓，我只知道我要的是妳。」

「楊修磊沒有愛過人，那麼又怎麼知道這是愛而不是一時興起？」我的視線透過他撞擊到遠方的牆，什麼都看不清楚我什麼都不想看清楚，「因為我愛上的人是楊修楷而不是楊修磊，因而成為一種特別……你看見的只不過是你人生中的一個例外，只是誤以為這樣的例外就是愛情……」

只是一種錯覺。

「我跟妳不一樣，我不會選擇逃避或者放棄。」他伸出手遮住我的雙眼，「在這樣一片黑暗的時候，劉艾珍所能看見的是誰？」

楊修磊和我的確是不一樣的。

即使是同類他卻不放棄的奮力掙扎，反覆的撞擊與疊覆而上的傷痕仍然阻卻不了他想脫逃的意念，只要望著楊修磊就會湧生一股悲哀感，想著這麼輕易就決定放棄的自己，同時卻也移不開對他的凝望，因為那是自己所盼望卻無能為力的一切。

只要站在楊修磊的身邊，擺盪在自己身軀之中的悲哀盼望憤怒與無能為力就會反覆的撞擊自己吧。好不容易能夠平靜的自己。好不容易終於放棄的自己。都會因為他的存在而開始翻騰起來吧。

這樣的存在，並不是我所能夠張望的遠方。

我的淚水從他掌心滑過，他並沒有放開覆蓋在我眼上的手，我分不清溫熱的觸感究竟是來自淚水還是他的掌心，在黑暗之中那道模糊的身影，只能是楊修楷。只能是。

但我的身軀之中那道裂口卻越來越大，彷彿有些什麼開始崩裂，意識的某部分正安靜無聲的墜落，在楊修楷溫暖陽光所能照耀到的部分之外，已經陷入了深深的黑暗。

拉開楊修磊的手，突來的光線讓我一時睜不開眼，在光芒之中模糊的他，即使這麼亮我也看不清那麼在黑暗之中的那道身影就絕不可能是他。

「我什麼都看不見。」

「妳說愛情不是遊戲，艾珍，」他用指腹輕輕拭去我頰邊殘留的液體，「愛情也不是一種謊言。」

謊言。

關於我愛他以及我不愛他。

但到底這個他和他是楊修楷還是楊修磊？

「為什麼……」為什麼要執意闖進我的世界？

「因為我就只能看見劉艾珍了。」

可是小艾珍只能有一個王子。

可是舞已經開始了。

可是艾珍已經決定好好愛著楊修楷了。

□

「為什麼阿磊又突然來找妳啊？」琳亞壓低了音量，「大家都在說，他想跟妳復合耶……而且聽說，潔安剛剛蹲在原地哭了耶。」

為什麼在楊修磊的愛情之中，註定有人受傷？

「他只是，一起興起而已。」

「什麼？」

為什麼只要有楊修磊我就必須編織謊言？「因為沒跟他說我跟他哥哥的事，所以他不開心吧。」

「是喔。」琳亞無趣的將話題從我身上移開，因為她保證了楊修楷是個秘密，因而這並不是她所能回應他人的話題。

但是潔安卻又因為楊修磊走到了我的面前。

這次沒有另外一個女人，就只有帶著哀傷與不甘目光的她。已經快到我和楊修楷約定的時間了。

「他毫不留情的拒絕了我的愛情，」潔安的聲音迴盪在我的身邊，「不管我再怎麼努力都沒有用。」

「因為楊修磊是沒有愛的人。」我說。所以無論是誰都得不到他的愛。所以無論是誰都不會被他愛上。無論是誰。

「沒有愛？」她淒涼又諷刺的笑了，「劉艾珍妳是在踩踏我的自尊嗎？」

「我沒有必要那麼做。」

「我只想知道為什麼……為什麼阿磊要的人是妳不是我……」她的淚開始潰堤。

「妳誤會了。」楊修楷在等我，我不能讓他看見空蕩蕩的路口，該來卻沒有來的艾珍會讓楊修楷感到不安的，「我該走了。」

走過潔安的身邊，她卻突然失控的哭喊，「他說他愛的人是劉艾珍。他只會愛劉艾珍一個人。」

我的步伐僵直在原地，並不單單因為潔安的哭喊，還有站在眼前的楊修楷。斂下微笑的楊修楷。潔安的哭泣聲是唯一的聲音，然而拉扯的卻是我和楊修楷的沉默。

想說些什麼卻什麼也說不出口。

最後楊修楷扯開太過溫柔的微笑，「因為沒有等到妳，所以我就過來了。」

所以他就過來了。

他牽起我的手，深深的望著我，為什麼他的微笑那麼溫柔卻讓我感到那麼哀傷？

「走吧。」

他並沒有看向潔安我也沒有回頭，彷彿只要忽視了那個哭泣的女人就能抹去方才的所有的記憶。我和他之間並沒有楊修磊。

「劉艾珍——」潔安想說些什麼卻被楊修楷堅決的截斷。

「妳這樣會讓艾珍很困擾的。」他說，「她不需要考慮其他人的愛情。」

其他人的。

□

像是要抹去那短暫的片段，楊修楷以太過愉悅的聲音聊著他今天發生的事、午餐和客戶吃了難吃的義大利麵，還有路上遇到了一隻拉不拉多。說著，我們以後可以養一隻狗，那麼他不在的時候艾珍也不會是一個人了。

我跟楊修楷已經是「我們」了。

握緊他的手，我停下腳步他略帶遲疑的終於轉身看向我，還是帶著他那太過溫柔的微笑。

「怎麼了嗎？」

安靜而深沉的凝望著他，牽著我跳舞的王子是楊修楷，「我看見的是你。」

終於他在我的額際落下一個輕輕的吻，並且吻著我的雙眼，「為了讓妳看見，我什麼都能夠放棄。」

因為我不想要再一個人孤伶伶的站在舞台中央了。

王子這麼說。

11

到底是為什麼呢？明明是愛著楊修楷的我，卻在看向楊修磊時會感覺到一種疼痛，就像是越凝望越明白那是自己永遠到達不了的遠方。但是那是我所想到達的遠方嗎？

楊修磊以一種太過蠻橫的姿態闖進我的世界。

站在眼前的他，我的身邊是緊緊牽著我的手的楊修楷，我身邊貼近的他以及眼前遙遠的他，這並不是我和他和他三個人的分野，而是我們和他的區隔。楊修磊是被隔開的那個他。

「阿磊？有什麼事嗎？」即使楊修楷帶著微笑並用著輕鬆的語調，但正是因為太過輕快而顯得彼此太過緊繃。

楊修磊太過直接的望向我們。我們。我反覆的唸著。帶著毫不遮掩的感情，摻雜著憤怒哀傷脆弱和堅決，我看不見楊修楷的表情卻能感覺到他太過用力的手。有些吃痛但我無法同樣用力回握卻也沒有喊疼或掙脫的念頭。

因為施力的楊修楷所要承受的比我的疼痛還要多出太多。

「你知道我為什麼出現在這裡。」

楊修楷知道什麼?楊修楷所知道的不是和我一樣「劉艾珍愛著楊修楷」這個敘述嗎?

「我不知道你在說什麼。」楊修楷的語調不再輕快，「如果要找我，讓我先送艾珍回去。」

「你在擔心什麼?」

「我沒什麼好擔心的，只是你來找我應該是來找我這個哥哥，那麼就跟艾珍無關。她出來一天已經很累了。」

「我要找的並不是我的哥哥，而是身為男人的楊修楷。」

「楊修磊你該適可而止。」

「該適可而止的是你。」楊修磊的眼中是猛烈的憤怒卻又帶著無法靠近的壓抑，「你明明知道在你身邊她不會快樂，為什麼不放開你的手?」

我的手好痛。然而在這個他與他的對話之中，我卻連動作都無法。

「這不是你能評斷的事。」

「看得最清楚的人不就是你嗎?」楊修磊的笑容太過殘忍，像是不惜用刀狠狠劃破我和楊修楷連結起來的交界一般，「那麼近的距離看著她，你應該是一次又一次的看見自己不願承認的事實不是嗎？」

楊修磊所說的事實究竟是什麼？

「楊修磊，」終於字句從我乾澀的喉中滑出，我感覺到楊修楷緊繃的拉扯，我斂下眼不去看楊修磊也不看自己，「不要再做無謂的事了。劉艾珍愛的人是楊修楷。」

然後楊修磊笑了。

很劇烈的大笑，晶亮的淚水在他的笑聲之中滑出，太過空洞也太過疼痛的笑聲一次又一次重擊在我的胸口，「他在假裝妳在說謊所以不願意逃避也不願意放棄的我就活該被放逐。」楊修磊的聲音迴盪在我的腦中，一次又一次的振動，「妳說我是個任性妄為的男人，這樣的男人絕對不可能後退。」

□

將我帶離楊修磊之後，楊修楷一個字也沒有說出口。鑰匙撞擊的聲響，旋開門之後又闔上門，楊修楷的住處已經到處存在著我的存在，我並沒有問本來要送我回去的他為什麼終點成為這裡，只是沉默的跟著他走進屋裡，然後看著他停下的背影。

我應該做些什麼的。

如果就這樣什麼也不做什麼也不說，楊修楷會被不安給撕裂的。

我應該要做些什麼的。

我花了很大的力氣好不容易抬起右手，拉住他的衣襬緩慢的走近，最後將臉貼靠在他的背後。我對你的愛並不是謊言。如果能這麼說出口就好了。然而光是貼靠的動作就耗去了我全身的氣力，至少楊修楷會知道，終於我走向他了。

「艾珍，」楊修楷並沒有轉身，他從來沒有背對著我說話，然而說不定只要一轉身，我就會因為用盡力氣而鬆開手，一動也不動的他大概比我還清楚這一點。楊修楷所明白的劉艾珍比我還要多。「我好不容易遇見妳，說什麼我也不會輕易放手，阿磊要什麼我都能給他，唯獨妳我連後退都辦不到。」

他和他都不可能後退，但是我的擁抱只能給一個人。

「再大的空缺再大的疼痛我都能承受，但我已經失去再次面對空蕩蕩的世界的勇氣了。」

終於他轉身面對我，在我的手鬆脫的瞬間他緊緊抓住我的手臂，太過清楚的讓我看見楊修楷，真正的那個楊修楷，這是我第一次看見毫不遮掩的他的眼神。

「楊修楷的心底已經放進劉艾珍了。再也放不進其他人了。如果妳不在這裡，我的世界就只剩下一片荒蕪了。」

我知道。

所以劉艾珍必須努力的填補在楊修楷心中的那個缺口。

「修楷，」我望進他的雙眼，「我在這裡。」

劉艾珍只能站在這裡。

□

從那天開始楊修磊這三個字成為一種禁忌，略過不提的默契成為一個碰觸不得的傷口。終於我搬進了楊修楷的住處，在微笑的溫柔中用力的將我拉往他的世界，他親自接送我上下班，並且在我說出口之前他便允諾琳亞能夠成為說出「艾珍在和楊修楷交往」的人。於是在關於艾珍的聽說之中，楊修磊已經被覆蓋，並且他不再出現於我的生活中，當初那個說著不會後退的男人在那天之後全然斷了音訊。

所以真的只是一時興起吧。

「聽說阿磊又回到深藍工作了耶。」我抬起頭望向琳亞，「每個人都在約要去深藍喝咖啡耶，妳要不要一起去？妳是他哥哥的女朋友，說不定他會特別服務我們……」

「我不喝咖啡。」

「之前妳不是也陪妳表姊去了嗎？又不是只有咖啡可以喝。」

我不該答應的。我不能答應的。因為有楊修磊在的地方劉艾珍就不應該走近。然而關於楊修磊的聽說每天都在耳邊出現，即使沒有任何接觸，他卻太過確實的滲透進我的生活。

更何況，在眾人眼中我是「楊修磊的前女友」、「楊修楷的女朋友」，介在他們兄弟之間我的存在是太過微妙的接點，雖然因為是楊修磊所以任何女人的來去都能夠被接受，唯一無法被忍受的是哪個女人成為他的永遠。

並且在潔安毫不顧慮他人眼光天天走進深藍之後，表姊就又帶著久違的笑容走向我，「至少妳應該比別人清楚什麼樣的女人會吸引阿磊吧，雖然這樣有點不妥當，但妳都已經搬進楊修楷那邊了，妳應該不會介意吧。反正再怎麼樣妳最後還是會變成他的大嫂。」

大嫂。這兩個字為什麼會這麼沉。

我不想見楊修磊。我不能見楊修磊。如果這麼拒絕的話只會加深表姊的猜測，也只會成為我在乎楊修磊的一種證明。

所以我還是在表姊的身後走進了深藍。

□

連一張空桌都沒有。

唯一留下的是那張能夠清楚看見楊修磊的位置，我第一次坐進的那張桌子，但在上面卻放上了「已訂位」的牌子。

「沒有位子就回去吧。」

「怎麼這麼倒楣，但是聽說那張桌子從阿磊回來深藍工作之後就一直放著訂位的牌子，也沒有出現誰去坐啊。」

是嗎?或許是不想讓人太過清楚的看見他吧。

「那張桌子是留給妳的。」從不走出吧檯的楊修磊卻毫不猶豫的走向我，帶著輕輕的微笑拿起了「已訂位」的牌子，並且親自放上了菜單。

「就說大嫂會有特別優待吧，我第一次那麼近看他耶，真的不是普通的帥耶，妳跟楊修楷結婚之後那我跟阿磊也可以算是親戚了吧……」

表姊享受著特別待遇所帶來的目光，我卻無法承受再多的注視了。因為這個位置能夠太過清楚的看見楊修磊，他的目光太過灼熱。這張位置並不是保留給「大嫂」的。而是保留給劉艾珍的。

「想喝什麼嗎?」

表姊很快的點了拿鐵，帶著和所有女人相同的目光注視著他，然而楊修磊的視線卻只停留在我的身上。

我移開雙眼。「我不喝咖啡。」

「蘋果汁好嗎?那是妳第一次來點的飲料。」

我斂下雙眼，「那就蘋果汁吧。」

在楊修磊的轉身之後，我好想逃離這裡，我好想逃離他的目光。楊修磊不應該用著這麼溫柔的眼神注視著我，更不應該在那樣的灼熱之中毫不保留的讓我看見他的愛情與悲哀。

「天啊艾珍，我第一次看見他的笑容耶，剛剛他帶位的時候我還有點不踏實，沒想到可以這麼近的距離看見他微笑。而且跟印象中不太一樣耶，感覺他變好溫柔喔。」

「是嗎？」

從那天開始表姊和琳亞就不斷的將我拉進深藍，就是為了成為唯一能夠坐進那張桌子的顧客，為了成為楊修磊唯一親自服務的顧客，為了成為能夠被楊修磊所注視的女人。

然而我卻無法承受楊修磊的注視。

到底是為什麼呢?明明是愛著楊修楷的我，卻在看向楊修磊時會感覺到一種疼痛，就像是越凝望越明白那是自己永遠到達不了的遠方。但是那是我所想到達的遠方嗎？

「因為妳不得不注視我，所以總有一天妳會承認妳所能看見的，就只有我而已。」

「我一直都在注視著楊修楷。」

「如果沒有我的話，說不定妳和他真的會走向幸福快樂，我也曾經這麼想過，但是我根本就不是能夠忍耐的人，我無法忍受妳將愛情遞給別人。就算是楊修楷也一樣。」

「我並不一定會愛上你。」

「但是妳已經愛上我了，」楊修磊的語調太過堅定，如果不是反覆的告訴自己我愛的人是楊修楷，差一點我就要相信他了，「妳不能帶著屬於我的愛情走向另一個人。」

「這樣的你太過自私。」

「沒有不自私的愛情，更何況我本來就是個任性妄為的人。」

「無論如何我都不能讓楊修楷受傷。」

「那麼楊修磊受傷就無所謂嗎？」

那麼楊修磊受傷就無所謂嗎？

□

那天的交談就到那個問號為止。

我沒有回應也沒有望向他，不可能有兩全其美的方法的，他和他之間註定有一個人要受傷，但為什麼非得要為了我而受傷不可呢？

為什麼愛情非得讓人受傷不可呢？

為什麼我不能簡簡單單的愛著一個人就好了呢？

又為什麼我的世界之中要同時出現楊修磊和楊修楷呢？

「在想什麼？」

「沒有。」

我搖了搖頭，任憑楊修楷將我拉進懷裡，他的溫度他的氣味還有他的愛情毫無空隙的將我包裹，所以只要待在這裡，就只能感覺到楊修楷的愛情了。

「妳最近精神不是很好。」

「是嗎？」

「艾珍，」楊修楷收緊了擁抱我的手，將下巴抵靠在我的頭上，「我是很自私的一個男人。」

在愛情裡每個人都是自私的。

「不要再去見阿磊了好嗎？」

楊修楷不可能不知道最近我頻繁的進出深藍，即使不是出自於我的本意我卻也沒有用力的抗拒，楊修磊始終是我和他之間不能碰觸的缺口，而這樣的缺口終於被明白的攤開，所以我們只能跨越或者，陷落。

「我知道是因為朋友的緣故妳才過去的，但是能不能到此為止？」

到此為止。

楊修楷無法忍受我的世界有任何與楊修磊的交界，然而曾經斷卻音訊的楊修磊，卻從來沒有真的被斷卻過，他始終存在於我和楊修楷之間，就算成為一個不能被提起的名字，卻因為這樣的刻意而更加突顯他的存在。

在我跟楊修楷之間是不是永遠都會存在著楊修磊？

「我跟他沒有任何關係。」我說，「我愛的人是你。」

「我知道。」楊修楷的回應來得太急太快，於是他深深的呼吸緩慢而清晰的將話語連帶深望一併投向我，「……我知道。但是我沒有辦法忍受任何一點會失去妳的可能。」

為什麼楊修楷會失去我？

「我只是一個普通的男人，我會害怕也會不安，所以艾珍，答應我，不要再去見阿磊了好嗎？」

12

三個人一樣的孤單卻無法讓每個人都得到另一個人。
所以註定有一個人要落單。

所以我不再踏進深藍。
於是放著「已訂位」牌子的桌子再也沒有坐進任何人。
楊修磊並不是一個善於等待或者忍耐的人，因此開始能在午休時間看見站在門口的他，因為答應過楊修楷的，所以從那天開始，我並不在午休時間踏出公司。
想著，他並不是一個會等待的人，所以也許某一天，窗外他的身影便會消失無蹤吧。
因為那樣的楊修磊並不會那麼執著於一個人的愛情之上的。

「為什麼不讓艾珍見我？」
「艾珍沒有見你的必要。」
「你在擔心什麼？擔心光是見到我就會戳破她愛你的這個謊言嗎？或是終於願意承認她愛的人是我的事實嗎？」

「楊修磊。」

我突然想起來，楊修磊也不是一個會輕易放棄的人。

楊修楷牽著我的手帶著一點擋住我投向楊修磊目光的意圖，也說不定是阻卻我望向他的視線，他就站在楊修楷的住處門口，帶著憤怒與一點無能為力，「就算不讓艾珍見我，你也改變不了任何事實的。」

「這裡沒有你所謂的事實。」

「因為你拚命讓自己相信謊言。你拚命讓艾珍說謊。」

謊言。關於我愛他以及我不愛他。

為什麼我不得不說謊不可？為什麼楊修磊那麼堅信我在說謊？為什麼我的愛情就是一種謊言？

「楊修磊。」

「我沒有說謊。」打斷了楊修楷的聲音，像喃唸一般緩緩的說出口，我的聲音很輕很淡卻沒有人會忽略，「我沒有說謊。」

「艾珍……」楊修楷擔心的看著我並且試圖將我拉進懷裡，但我卻施力抗拒他的擁抱，「艾珍？」

「我沒有說謊……為什麼我非得說謊不可？」我將自己拉離他或者他的身邊，抬起眼看向他也看向他，又或者我誰都沒有張望，「為什麼非得說我的愛情是一種謊言呢……」

我的淚水緩慢滑落，風乾之前又被沾濕，我眨著眼看著逐漸模糊的他以及他，但是劉艾珍從頭到尾就只有注視一個人的力氣而已。

「艾珍，妳沒有說謊，妳先進屋休息好不好？」

「……修楷？」誰我都看不清，就連自己也看不見，「為什麼楊修磊說我在說謊？」

「因為妳愛的人是我並不是楊修楷。」

楊修磊突然拉扯住我的手，逼迫我將視線只對向他，然而即使他的輪廓逐漸清晰卻還是無法完整，並且在下一個瞬間楊修楷就將我帶離他的面前。曾經有那麼一瞬間的貼近。關於楊修磊的片段卻因為短暫而更加輕易的被記憶。

「楊修磊你給我適可而止，她不是一般的女人，她會是你的大嫂。」

「大嫂？」楊修磊似乎是笑了，「楊修楷，你比我還要自私。」

楊修楷將我圈在懷中，收緊的手以及他的包覆似乎是想阻卻任何來自於楊修磊的片段，然而他就站得那麼近，那麼近卻不能看不能聽也不能想像。如果無法跨越這個缺口我和楊修楷就會掉進暗無天日的深淵了。

我愛楊修楷。

我真的很愛很愛楊修楷。

但為什麼我還是能夠聽見楊修磊的聲音？

「如果她愛你我就會放棄，但你比誰都清楚，劉艾珍愛的並不是你。」

那麼我愛的人又是誰？

□

我的日子並沒有太大的改變，即使楊修磊以如此猛烈的姿態試圖闖進我的世界，然而始終站在我身邊的楊修楷也強硬地捍衛那道界線。於是站在中央的我就像坐在安靜的房間裡，沒有風沒有聲音也沒有任何改變。

我還是那個很愛楊修楷的劉艾珍。

「艾珍啊，下次和修楷一起回來吃飯吧。」

「嗯？」我抬起頭望向爸爸，又斂下眼將視線落在桌面的某一點，「嗯。」

「他真的是個很好的男人，有他在妳身邊，爸爸就放心很多了。」

無論對哪個人而言，楊修楷都是個很愛劉艾珍並且絕對會帶給我幸福的人，不、除了楊修磊之外。但不過就只是他一個人的聲音，怎麼能不被所有人的喧鬧給淹蓋呢？

那為什麼我還是能夠聽見楊修磊的聲音？

「修楷有跟我提起要和妳結婚的事情。」爸爸的聲音突然變得好遠，我咀嚼著口中的食物，其實什麼味道也分辨不出來，「爸爸沒什麼意見，只要妳覺得準備好了就好。」

我想起那一天楊修楷將我帶離楊修磊面前，並且以那扇門用力的隔開「我們」和「他」，然而被那扇深褐色的門阻擋住的視線，卻彷彿還是能夠看見站在門外那道孤單的身影。

因為從我背離小艾珍之後始終都是一個人，無論身邊有爸爸有阿姨有志剛哥，或者有琳亞有表姊有某些來去的男友，我都還是一個人蜷縮在艾珍的世界之中。所以太過輕易就能想像楊修磊的孤單。

楊修磊也是活在只有一個人的世界吧。

但是，現在以無聲而沉重的呼吸懷抱住我的楊修楷也是一樣的孤單。

三個人一樣的孤單卻無法讓每個人都得到另一個人。

所以註定有一個人要落單。

楊修楷沒有說話也沒有改變動作的打算，站在玄關就只是用力的擁抱住我，就是這樣的拉扯讓我一次又一次的明白，我已經是楊修楷世界之中的浮木了。只要我推開他，他就會溺水。

因為好不容易遇見妳了。

楊修楷是這麼堅定的對我說的。因為好不容易在只有一個人的世界之中，能夠有另外一個人的陪伴。因為好不容易能夠愛上一個人了。

所以劉艾珍對楊修楷而言不僅僅是劉艾珍而已。

於是我伸起雙手，閉上雙眼不去望向那道什麼都沒有的門，那扇門之後什麼都沒有，沒有楊修磊也沒有他的愛情，我環抱住楊修楷，我的力氣就只有這麼多了。

我沒有其他的氣力可以張望可以想像可以，逃脫。

「我們結婚吧。」

最後楊修楷這麼對我說。就在劉艾珍好不容易伸出手擁抱他之後。

只要答應他就好了。已經決定要好好愛著這個人了啊。已經決定要把這個人放進心底了啊。已經決定要承受這個人關於永遠的期盼了啊。所以、只要答應他就好了。

這樣就不會再有任何想像的空間了。這樣我的愛情裡就只會有楊修楷了。

但是我的愛情裡除了楊修楷之外還有什麼？

「……我需要一點時間。」

「艾珍，我可以等，多久我都可以等，但是求求妳千萬不要離開楊修楷的世界。」

為什麼我會離開楊修楷的世界呢？

「我只是還沒做好結婚的準備而已。」

我這麼對楊修楷說。我這麼對爸爸說。我這麼對自己說。我只是還沒做好準備而已。

只需要一點時間，我就能夠讓自己成為楊修楷世界中永遠的居民了。

□

摺疊好潔白的被子，整齊的拉好床單，雖然楊修楷總是說不必這麼仔細的將床恢復原狀，但即使是他摺疊好的被子我還是會重新再整理一次。

這裡已經充滿了劉艾珍生活的氣味了。

楊修楷擺上了和我的合照，陪著我把衣服掛進衣櫃，接著讓本來只屬於我的東西散落在屋子的各個角落，或許漸漸的我就會開始分不清楚，手中的馬克杯究竟是我的還是他的。我的記憶力一向太過不好。所以最後就會在楊修楷的微笑之中，成為我們的馬克杯。

已經消弭不掉在楊修楷世界之中關於劉艾珍的痕跡了。

「我不在的這兩天記得好好吃東西喔，嗯？」

「嗯。」

在出門前楊修楷一如既往的微笑著，輕輕的在我額際落下一個吻，最後總會往我眼裡深深一望，像是要確認那個愛他的劉艾珍還在這裡。

我坐在地板上環視著這個逐漸成為我們的住處，楊修楷開始稱呼它為家，說著回家吧或是家裡的牛奶沒有了呢，所以小艾珍終於找到路回家了嗎？

楊修楷打了好幾通電話，究竟是擔心我沒有好好的進食，或者有著更多的不安呢？然而我卻沒有給予他一個確切的回答，我會好好吃飯，這樣的字句並沒有在他反覆的關心中被得到承諾。

於是天暗了。連一滴水都沒有進入我的身體之中。我的身體之中什麼都沒有。什麼都沒有。

我爬起身，僵麻的腳一時間湧上疼痛感，差一點我就要跌坐而下，但最後卻靠著床的支撐而能站立。但是床的一角出現了凌亂的痕跡了。

走出這個楊修楷稱為家的地方，到底要去哪裡呢？毫無目標的行走著，現在到底幾點呢？天已經完全黑了，路上的行人到底在哪裡呢？所以我只要走出楊修楷的世界就只能看見這樣空蕩蕩的景象嗎？

最後在那張長椅前我看見楊修磊。

「我等到妳了。」他這麼說。

終於我等到妳了。

□

「我知道妳終究會來的。」楊修磊帶著淡淡的微笑凝望著我，那樣的眼神太深，彷彿只要注視就會墜落。

「為什麼？」

「因為劉艾珍屬於楊修磊。」

在暈黃的光線之下的楊修磊，太過精緻的輪廓讓他如同一種想像，嘴角扯開的弧度與毫不遮掩的目光，即使在如此昏暗的光芒之中他還是太過耀眼的一個人。終於我想起來楊修磊從來就是無法被想望的遠方。

「劉艾珍不能屬於楊修磊。」

楊修磊緩慢而堅定的走近站在原地的我，留下足以看清他卻太過靠近的距離，他的手輕輕撫上我的臉頰，留下溫熱的觸感並且夾帶而來的還有他的氣味與他的愛情。

「劉艾珍只能屬於楊修磊。」

我的頭有點暈，我想大概是因為一整天沒有進食的緣故，望著眼前的楊修磊，開始有些模糊又有些不真切，那些關於楊修磊與劉艾珍的片段在腦中不斷、不斷閃現，因為我看見妳了，那些話語那些眼神那些零散的記憶，愛情不是一種謊言，眼前的他與記憶的他與想像的他逐漸被疊合，妳愛的人是楊修磊，他的悲傷他的憤怒他的孤單他的愛情他的不顧一切，我等到妳了……

最後我終於看見楊修磊。

我的眼前突然什麼也看不見，失去支撐並且在下一瞬間跌進他的懷裡，我並沒有失去意識，所以太過清楚的感知到他，那個無法到達的遠方在這一刻為什麼會那麼用力的抓握住我？

「艾珍？」

「我沒事。」試圖掙脫他的懷抱卻一點力氣也沒有，只能倚靠在他的身邊以這麼近的距離感受他的愛情同時抗拒著他的愛情。

最後我被楊修磊逼迫喝下他從超商買來的蘋果汁，他抿起唇帶著不悅卻擔心的目光。

到底是什麼能讓楊修磊這麼緊繃並且專注呢？

「艾珍。」楊修磊蹲下身深深的望進我雙眼，「跟我走吧。」

那麼楊修磊跟劉艾珍能去哪裡？

我並沒有給予楊修磊任何回應，眼前的這個男人是不需要任何回應的。

楊修磊吻上我的額際吻上我的眼吻上我的唇，然而他抓握住我手臂的雙手卻太過緊繃，楊修磊害怕被拒絕楊修楷也害怕被拒絕，但他和他卻同時逼迫著我拒絕另一個他和他。

「就算我愛你，我們之間也不會有永遠。」

終於劉艾珍選擇拒絕了自己。

「劉艾珍終於願意承認自己看見的是楊修磊了嗎？」

我閉起了雙眼，「但是我不能看見你。」

因為楊修磊是我所一直期盼的遠方，只要看著仍然奮力想衝破結界的他就能感覺到自己體內曾經存在的小艾珍，一種自己曾經確切「成為自己」並且活著的跳動；然而卻也因為那樣的脈動已經被定格在記憶之中，因而楊修磊成為了一種疼痛，只要存在就會扯動自己身軀之中最深的那個裂口。

關於我的放棄我的空缺以及我的，無能為力。

「就算妳閉起眼還是會看見我。」楊修磊親吻了我的雙眼，像是一種宣示同時帶著不容反抗的蠻橫，「因為妳的世界裡從來就只有我。」

但是我無法拋下孤伶伶的楊修楷。但是我無法移開終於定著在楊修磊身上的目光。但是我無法填補哪個人身軀之中的空缺。

無能為力。

愛與不愛都艱鉅。

最後楊修磊將額頭抵著我的，靠得那麼近的他反而讓我什麼也看不清，然而他說：「妳只要看著我就好。」

妳只要看著我就好。

楊修磊這麼說。楊修楷也這麼說。但就是這麼簡單的「只要」讓我越來越疼痛，也越來越不敢張開眼。

一旦張開眼，看見的並不只是某一個他的愛情，還有另外一個他的哀傷。

13

他用著太過溫柔但又太過哀傷的眼神注視著我，我突然想起曾經也在楊修楷的眼中看過相同的顏色，截然不同的他以及他卻用著相似的目光凝望著我。因為楊修磊知道的事情，楊修楷也知道。

坐在楊修磊的機車後座，我的身上什麼東西都沒有帶，只有一把能夠打開楊修楷住處的鑰匙。

我沒有問「我們要去哪裡」這樣的問題，哪裡都是一樣的，在我和他與楊修楷三個人的世界之中，唯一需要被確認的只有「你在不在我身邊」。有海的地方有風的地方或者擠滿人群的地方，差別只有那裡有他或者沒有他。

剛破曉的天空透著微光，貼靠在楊修磊的背後我的耳邊都是風的聲音。到底這個時候的我在想些什麼呢?很久很久之後回想起來，卻也還是一片空白，即使是那麼應該被記憶的片段，我卻也還是一點也不留的遺落在某個無法被注視的缺口裡了。

因為我背叛了楊修楷的愛情。

……艾珍，我可以等，多久我都可以等，但是求求妳千萬不要離開楊修楷的世界。

……如果妳不在了，那麼我的世界就只會剩下空蕩蕩的空白，而我再也沒有辦法逃離這樣的荒蕪了。

……我的寂寞我的孤單我的愛情都因為妳而得到救贖，但是妳知道嗎？陷得越深所必須背負的空缺也會越深。

他的溫柔他的微笑他的期盼他的愛情，在我跟著楊修磊走的那一瞬間就全部被背叛了。但就算只是短暫的花火，在艾珍體內殘留的小艾珍也還是希望能夠留下一點關於楊修磊的記憶，不斷想完成其他人期盼的艾珍，不斷努力避免成為其他人空缺的艾珍，卻始終無法完成小艾珍的期盼，始終無法填補小艾珍心底的空缺。

被困在暗無天日的深淵中的人明明就是那個再也無法哭泣的小艾珍。就算只有那麼一瞬間，如果能到達有楊修磊的世界，我也希望自己能夠不顧一切的奔向他。

劉艾珍真的很愛楊修磊。

然而這樣的愛也只能停留在這一個片段之中。

□

楊修磊停在一個沒有風卻有浪花的海邊，牽著我的手走向晃動著陽光的大海，「這裡沒有風，所以不會因為沙子讓我看不見妳。」

但為什麼沒有風沒有揚起的沙我的淚水卻還是滑出眼眶？

楊修磊拭去不斷落下的淚水，淚水一直不停他卻還是帶著溫柔的目光輕輕的抹去我頰邊的水痕，終於我用力抓住他的手下一秒鐘讓自己倚進他的胸口，在他的氣味之中彷彿要掏空自己般的猛烈哭泣。

「劉艾珍能不能一直待在這裡？」他太過用力將我圈在懷中，「能不能一直待在楊修磊的身邊？」

我聽見海，我聽見你，我聽見終於得以被確認的愛情。

「這間木屋是我大學畢業那年花了半年時間幫某個大叔捕魚換來的。」

「楊修磊也會捕魚嗎？」

他開心的笑了，「楊修磊什麼都會。」

「那楊修磊會不會唱歌？」

「楊修磊只會唱給劉艾珍聽。」

靠在他的肩上，我看著晃動的海水，聽著他輕輕的歌聲，就算不用望向他也知道他在這裡。因為這裡是有楊修磊的世界。

只有楊修磊和劉艾珍的世界。

「為什麼楊修磊會看見劉艾珍呢？」

「因為妳不喝咖啡只喝蘋果汁。」楊修磊將頭靠在我的頭上，說話的時候傳來輕輕的振動，海的聲音和他的聲音混在一起，我想起那場雨，「走進深藍的人就算不喝咖啡也會點咖啡，妳是第一個毫不猶豫就點了蘋果汁的人，也是第一個坐進那張桌子並且毫不遮掩直視我的人，雖然每個人都看見妳營造的那個不起眼的劉艾珍，但就是在這些微小的動作之中透露了妳的特別。艾珍，並不是楊修磊要看見劉艾珍，而是我註定看見妳。」

「可是楊修磊真的是個很惡劣的男人呢，明明知道我那麼努力讓自己站在別人看不見的位置，卻還是用力的把我帶到所有人的面前。」

「那是因為我要所有人都看見，劉艾珍屬於我。」

我轉向楊修磊，認真而仔細的凝望著他，伸手描繪著他的眉毛他的眼睛他的鼻子他的臉頰最後是他的唇，對他扯開很深很深的微笑，只能讓楊修磊看見的微笑，然而就在這樣的弧度之中含藏了一點悲哀，終於觸碰到他的完整卻又明白完整之後會是更大的裂口。

「你會記住我現在的微笑嗎？」

「不會。」他抓握住我的右手，緊緊壓在他的唇上，「所以妳要這樣一直對我微笑。」

「楊修磊記憶力也不好嗎？」

「因為我不會記住妳，所以為了要讓我不要忘記妳，妳只能永遠待在我的身邊。」

但是永遠太遠。

但是我的身上還有楊修楷的永遠。

「阿磊。」

「這是妳第一次這樣喊我。」

「跟你說一個秘密。」

「什麼秘密？」

「其實劉艾珍很愛很愛楊修磊。」

「我知道。」

「這明明是秘密。楊修磊怎麼會知道呢？」

「只要是劉艾珍的秘密，楊修磊都會知道。」

「楊修磊什麼都知道嗎……」

他用著太過溫柔但又太過哀傷的眼神注視著我，我突然想起曾經也在楊修楷的眼中看過相同的顏色，截然不同的他以及他卻用著相似的目光凝望著我。因為楊修磊知道的事情，楊修楷也知道。

「我不會求妳不要走，但我希望妳留在我身邊。」楊修磊的呼吸很慢很深卻很輕，「因為妳已經願意看著我了，所以我會站在這裡等妳。就像妳走到那張長椅前一樣，我會等妳走進楊修磊的世界。」

□

醒來的時候看見的是那張太過精緻的臉。卻不是睡臉。

「醒了？」

「你沒有睡嗎？」

「因為怕這是一場夢，所以不敢睡，因為不想浪費能夠這麼看著妳的時間。」

「楊修磊也會害怕嗎？」

「只要妳在我身邊我就會變回那個什麼都不怕的楊修磊了。」

讓楊修磊牽起手跑離楊修楷的世界之後，那個蠻橫又決斷的他一點一滴的消失了，就像是個簡單的男人簡單的愛著一個女人，卻又帶著一點脆弱一點不安一點無能為力的愛著。

「我現在看見的就是真正的楊修磊嗎？」

在愛情之中我們都只是一個脆弱的人。

「失望嗎？」

我搖了搖頭，輕輕的拉開嘴角，「楊修磊就是楊修磊，而且現在這個人只有劉艾珍能看見。」

所以這樣的楊修磊也只會留在劉艾珍一個人的記憶之中吧。

楊修磊說我只要看著他就好，所以現在的我也只想就看著他就好。現在。我並沒有資格去想像下一個呼吸下一個月亮以及下一場雨。

因為楊修磊和我帶著愛情在逃亡。

然而這樣的奔跑終究會因為看不見終點而失卻力氣，所以在耗盡所有的氣力之前，我只想找個地方藏匿並且將所有的心力都用於記憶。我的記憶力太過不好，因而只能那麼認真那麼努力將楊修磊塞進那個缺口。

這是一支沒有觀眾只有我和他的舞。

□

我和楊修磊走到了媽媽的墓前。

已經很久很久沒有踏進這個太過肅穆的場域，自從艾珍漸漸走離小艾珍之後就再也沒有來過了。

媽媽的笑容還是那麼溫柔，定格在那個曾經之中，然而無論是我或者爸爸卻不得不往前走，最後也只能不斷回頭張望不斷的看清媽媽已經停留在那一個呼吸之中，再也不會有下一個太陽。

爸爸遇見阿姨讓他能夠以另一種方式彌補媽媽所留下的空缺，永遠填不滿的卻能夠藉由凝望另一個人移開對那黑洞的膠著，然而遇見楊修磊的我卻多了另一道裂口。

我們能說服自己因為媽媽已經消失在任何一個人的世界裡，因而那樣的空缺成為能夠被承認的自己，然而仍站在眼前的楊修磊，只會因為越凝望而讓自己越來越空乏。

明明他就在這裡為什麼不能被填補？

明明就離得那麼近但在我們之間的永遠卻是一種遙不可及的阻隔？

媽媽只告訴小艾珍有一天王子會找到自己，卻沒有告訴小艾珍找到自己的王子並不一定能夠和小艾珍愉快的跳著舞。

「我已經很久沒有來看媽媽了。」

「她知道總有一天妳會來。」

「是嗎？」

「因為她知道妳很愛她。」

「但是我愛著楊修磊卻無法走進他的世界。」

深深的沉默在我的句號之後，我看著媽媽的微笑，反光的卻是一種哀傷，我不敢望向楊修磊也不敢看向任何一個我的倒映，因為從這一個瞬間開始，劉艾珍必須又回到那個很愛楊修楷的人。

我放棄的並不是楊修磊的愛情，而是劉艾珍自己的。

「就算已經知道這是妳另一個即將說出口的秘密，我卻希望妳永遠不要說出口。」

楊修磊從身後輕輕的擁抱我，太過輕易就能掙脫的環抱我卻希望時間定格在這一個瞬間，就像媽媽永遠的微笑一樣。**然而定格之後就只能成為一種曾經了。**

「那個深深愛著楊修磊的劉艾珍會留在這一個瞬間。」

那麼愛著劉艾珍的楊修磊在這個瞬間之後會在哪裡？

「艾珍，我不會拉住妳。」

楊修磊要的是自己走進他世界的劉艾珍。他不會後退卻也不會用力拉扯，因為這個劉艾珍已經願意承認自己所看見的是他了。

「我知道。」所以在我身體之中的某個部分也就定格在這個有楊修磊的瞬間了。

那個關於我愛他以及我不愛他的短暫反轉，終究還是一種短暫。

□

雨下得太大。

我跟楊修磊被困在木屋之中，並不是不能淋著雨離開卻因為這場雨說服自己並不是自己不願意離開。

找不到劉艾珍的楊修楷一定很不安吧。但是、劉艾珍其實也不過是一個自私的人。

「他今天就會回去了嗎？」

「嗯。」他。我必須愛著的楊修楷。我愛著的楊修楷。

「我可以送妳回去，在他看見沒有人的房間之前。」

我看著雨又看向楊修磊，我應該要回去的，因為楊修楷說那是我們的家，一直在找路回家的小艾珍應該要回去的，然而因為這場突來的雨，掩蓋了小艾珍想回家的聲音。

「但是雨下得太大。」

我斂下雙眼，這場雨將我和楊修磊阻隔在這間木屋之中，成為一個我們走不出去誰也走不進來的世界。

所以這裡只會有劉艾珍跟楊修磊。

「在雨停之前，劉艾珍還是愛著楊修磊的那個人嗎？」

如果是這樣我可能會開始希望雨永遠不要停。

「阿磊。」

「嗯？」帶著一點緊繃一點哀傷還有一點期盼，楊修磊終於將我拉進懷裡。

「如果在每一場雨裡我都想起你怎麼辦？」

「那麼閉上眼睛，妳就會看見我了。」

因為從此之後，楊修磊就只能活在我心底那塊楊修楷溫暖日光照耀不到的區塊。

「那我現在可以張著眼睛看著你嗎？」

「在這場雨停之前，劉艾珍都還是待在楊修磊的世界裡。」楊修磊的聲音太過低啞，「妳現在在這裡。」

我現在在**這裡**。

我試圖不眨眼凝望著楊修磊，卻因為這樣的試圖在下一個眨動裡流下了淚水，楊修磊並沒有拭去那突來的水痕，卻輕輕的吻上我的眼。那麼輕那麼輕的親吻，卻像一種烙印永遠無法掙脫。

所以劉艾珍必須一輩子都帶著屬於楊修磊的烙印活下去。

「阿磊，」我說，「劉艾珍還有一個秘密。」

他收緊了懷抱住我的手，沒有回應卻貼靠上我的臉頰，劉艾珍有太多楊修磊不想知道的秘密了。

「我希望這場雨永遠不要停。」

如果雨可以永遠不要停。如果。

「艾珍，」他說，「這也是楊修磊的秘密。」

終於他的唇順著我的眼我的鼻貼上我的唇，溫熱的氣息充滿楊修磊的氣味，沒有對話沒有聲音只剩下雨的拍打，這一瞬間其實我全然無法分辨，究竟是我和他阻隔了這個世界，還是這個世界阻隔了我和他。

我和他。我想也只有在這場雨之中被彼此氣味包裹著的我和他才能夠成為**我們**吧。

然而雨終究是停了。

我們又再度只能是我和他了。

14

最後楊修磊留下一個深深的凝望，終於成為一道消卻的背影。留下比沉默還要沉默的我與楊修楷。

深深的恐懼與深深的空缺。

「艾珍，我不會留妳。」

楊修磊揚起淡淡的弧度，在那之中帶著濃濃的悲傷與哀求，然而楊修磊是不懂悲傷也不懂哀求的一個人，所以也許只是我的錯覺，我只能看見他淺淺的微笑，而讀不到任何情緒。

「但是我希望妳不要走。」

隔著一扇門，門外是楊修磊門內是楊修楷，而站在中間的劉艾珍，只能選擇走進或者走出。

我想，這是最後一個楊修磊只給劉艾珍的微笑了。

「你說，閉上眼睛的時候就能看見你。」

「那為什麼劉艾珍不能選擇在張眼的時候也能看見我？」

因為艾珍再也不是小艾珍了。

我沒有回答楊修磊，只想把所有的力氣都用在記憶他的微笑他的臉孔他的擁抱還有他的，愛情。

所有的一切都只能定格在曾經了。

背負著楊修磊的希望與楊修楷的想望，然而力氣不大的我連一個人的期盼都已經難以負荷，楊修磊曾經問過我「楊修磊受傷就沒關係嗎」，我想這個問題是永遠無法被回答的，因為在楊修磊受傷的同時，劃破我身軀的裂口會更加疼痛。

但是楊修磊終究會痊癒吧。

如果鬆開了楊修楷的手，不會游泳的他就會沉入深不見底的海底吧。因為我也同樣不會游泳啊，所以太過明白漂浮在海中央的恐懼與冰冷，終而成為楊修楷浮木的我在凝望他的同時，就像是**看著自己**一樣。

比和我跟楊修楷更加勇敢的楊修磊，終有一天會靠著自己游到岸上吧。

即使是同類，楊修磊卻憑藉著自己成為了和我跟楊修楷不一樣的人。

我愛著楊修磊卻沒有辦法愛他。因為我們已經選擇了截然不同的道路，摀起耳朵拒絕聽見小艾珍聲音的我，已經沒有衝破框架的氣力了；然而早已將所有阻攔都擊潰的楊修磊卻帶著一臉盼望要我走出那道太過堅硬的阻隔，我也只能貼著透明的牆張望著他的愛情，帶著一點疼痛還有一點悲哀。

懷抱著愛情或許能夠用力撞破那道透明的牆，卻連想像都不必就能明白那碎片不僅會讓自己傷痕累累，連小心翼翼懷抱的愛情也會被割得支離破碎。那到底還是不是劉艾珍的愛情？那到底還是不是楊修磊所想要的愛情？

所以我跨不出去。

並不是不愛楊修磊，相反的是太愛站在我眼前的這個人了。

「你就像一道熊熊的烈火，每個人都想撲向你，卻在走近的同時無論是愛情還是自己都會被燃燒殆盡，最後就什麼也不剩了。」

「所以妳寧可保全妳的愛情也不願意保有我嗎？」

「正因為保全我的愛情才能夠保有你，」我說，「在愛情之外的楊修磊，是我連觸碰都無法的存在。」

「這就是妳放棄所有努力的藉口嗎？」

並不是藉口。正因為楊修磊並不是能夠理解這點的人，所以註定我和他只能站在愛情的兩邊，永遠無法成為我們。

「沒有了劉艾珍的楊修磊是能夠痊癒的，你也是知道的吧，」我深深凝望著楊修磊，「因為楊修磊早就已經衝破了所有阻隔，但是、我唯一能做的就是在我的世界裡保全關於你的一切，阿磊。」楊修磊抬起太過哀傷的眼望向我，然而我的力氣只能負荷一個人的重量，「我會努力的記住你。但是，」我閉上眼，淚水無聲的從頰邊滑落，「請你忘了所有關於劉艾珍的記憶。」

因為劉艾珍不想在楊修磊的心中留下任何空缺。即使因此掏空了所有劉艾珍的生命也還是希望楊修磊能夠再度成為一個無所畏懼的楊修磊。

楊修磊溫柔的拭去我頰邊的水痕，殘留的是他的溫柔與他眼底深深的哀傷。

「我不會忘記妳，」他揚起太過殘忍的微笑，「我要劉艾珍記住，那裡有一個楊修磊會永遠記住妳。」

因為那裡是劉艾珍想到卻永遠到達不了的遠方。

□

旋開門的時候就看見安靜坐在沙發上的楊修楷。

他緩慢的抬起頭，太過憔悴的雙眼深深望向站在楊修磊身邊的我，這一瞬間映入他視野的並不單單是我，而是我和楊修磊。

那是無論如何都不能被楊修楷看見的畫面。

終於楊修楷站起身，緩慢而堅定的朝我走來，盯望著我的視線沒有絲毫偏移，他抓握住我的手確認我並沒有任何抗拒的動作，下一秒鐘便將我用力的從楊修磊的身邊拉到他的身邊。

所以劉艾珍又回到楊修楷的世界了。

但是楊修磊還站在劉艾珍伸手可及的範圍內，我的視線無法從他的身上移開，楊修磊終究會轉身離開是個無論如何我都不想知道卻不得不被說出口的秘密。

突然楊修楷猛烈的將手揮向楊修磊，在楊修磊精緻的臉上留下一道不容忽視的痕跡。

「修楷……」

「不要再接近她。」

就算楊修楷的憤怒指向的是楊修磊，但我卻分不清這句話究竟是對他說還是對我說。不要再接近她。我也不能夠再接近他。

下一次說不定就回不來了。

「就算知道她愛的人不是你也無所謂嗎？」

楊修磊的口吻太過殘忍，像個無情的鬼魅，然而在他故作冷漠的音調之中，這裡的任何一個人都明白那是源於他身軀之中幾近爆裂的火焰。

「她的愛與不愛不是你能決定的。」

「是啊，不是我能決定的，因為那本來就是事實。」

「楊修磊，在你的世界裡愛情就只是愛情，不能容下任何一點陰影或是模糊，但是這對另一個人而言就是一種逼迫。」

「難道你的溫柔就不是另外一種逼迫嗎？」

「我是懷抱著永遠帶著空缺的覺悟愛著艾珍的，你很明白吧，無論是我或者你，都會是艾珍心中的缺口，但是在你所謂的愛情裡是無法忍受這一點的。」

最後楊修磊留下一個深深的凝望，終於成為一道消卻的背影。留下比沉默還要沉默的我與楊修楷。

深深的恐懼與深深的空缺。

我是懷抱著永遠帶著空缺的覺悟愛著艾珍的。

「我一直在找妳，我瘋狂的在找妳……因為妳一直不接電話，說不定妳只是出門忘記帶手機了，我一直這樣告訴自己卻沒有得到你的任何回音……所以我提早回來了，打開門的那一刻看見的不是妳的身影，而是空蕩蕩的屋子，充滿妳的影子卻沒有妳……我好怕妳就這樣消失在我的世界裡了……」

我好怕。

楊修楷的恐懼用力撞擊在我身上，腦中不斷浮現小艾珍失去媽媽那一個瞬間的恐懼與空白，最後是耗盡所有氣力也填補不了的空缺。艾珍不想成為任何人的空缺，艾珍努力不要成為任何人的空缺。

然而在楊修楷和楊修磊之間，註定留下哪個人的空缺。

也註定在我的身軀之中產生無法填補的裂口。而在裂口之中我所能張望的，只有那道在黑暗之中的哀傷身影。

「修楷……」

楊修楷緊緊的將我抱住，像是只要稍微一鬆手我就會消失一樣，「妳什麼都不用說，我什麼都不會問，只要妳回到我的身邊，我可以當作什麼都沒有發生，只要妳回到我的身邊……只要妳不要走。」

即使知道那會是個永遠的謊言，然而因為謊言之中有我們所期盼的愛情與自己，所以開始相信只要反覆的訴說、只要堅定的相信，謊言終究有一天不再是謊言。

在謊言之中我必須說服自己楊修磊從來沒有來過。

「我只是出門，然後、楊修磊送我回來。」

在這個敘述之中什麼都沒有。沒有劉艾珍的逃離。沒有楊修磊的愛情。沒有那一場太過猛烈的雨。

「只要妳回來就好……」楊修楷並沒有看向我，因為他太善於看穿人，因為我太不善於編織謊言，「艾珍，下次出門的話，記得讓我知道妳在哪裡。」

楊修磊不斷試圖將我拉離原先站立的位置，一次又一次叫喊沉睡著的小艾珍，但楊修楷卻帶著輕輕的微笑對我說「站在這裡就好」。

好不容易睜開惺忪睡眼的小艾珍看見了楊修磊的身影，但卻在移動之間看見了窗邊自己的倒映。

小艾珍已經成為艾珍了。

「嗯。」

而劉艾珍已經哪裡都不能去了。

□

已經好長一陣子沒有下雨了，明明就是梅雨季。

接下來的雨，說不定就是熱帶氣旋夾帶而來太過劇烈的滂沱，然而太大的雨到底我能不能負荷那樣的濕氣呢？

「在想什麼？」

「嗯？」楊修楷從背後輕輕擁抱住我，從那天開始他時常避開對我的注視，像是在等待我眼中的什麼逐漸消卻，或是在等待自己能夠找到更完美的理由來解釋從我眼中所發現的什麼，「只是在看天空。天氣、很好。」

「如果天氣能一直那麼好的話，就不會濕答答的讓人難受了，從以前我就不喜歡雨天。」

「為什麼不喜歡雨天呢？」

「因為下雨的時候就什麼也看不清楚了，我不喜歡那種看不清楚的模糊感。」

「但是有時候看不清楚不是比較好嗎？」楊修楷收緊了在我腰間的手，他的呼吸深深的縈繞在我的耳邊，我斂下眼盯望著他的手，在空白之中終於將手輕輕疊上，「像是有霧的話風景就會比較美那樣呢？」

「但是我還是想看清真正的風景。」他的字句很慢很輕卻很深，於是他說：「但又很害怕那不是自己能夠承受的風景。」

「就算我在你身邊，你還是會害怕嗎？」

楊修磊說過，只要我在他身邊他就會變回那個什麼都不怕的楊修磊了，那麼現在的他，心中是不是有一塊地方正在害怕呢？

「我最怕的就是看不見妳。」他說，「我已經一個人抱著寂寞守著荒蕪太久，如果打從一開始到最後都什麼也沒有，那麼只要告訴自己大概是一種註定就能夠說服自己，但是妳已經走進我的世界，那裡已經空了一個只能屬於妳的位置了。」

愛情會讓荒蕪更加荒蕪。

哪個人曾經來過的痕跡只會讓我們更加明白那是再也無法填補的自己。

「艾珍，告訴我妳永遠不會在我眼前消失好嗎？」

永遠。楊修楷要我不只是他所期盼的永遠，還是一個承諾他的永遠。

但是劉艾珍給得起這樣的永遠嗎？

「我已經在楊修楷的世界裡了。」

「妳會永遠待在楊修楷的世界裡嗎？」

楊修楷太過堅持太過逼迫也太過恐懼，我試圖想像那天映入他眼中的風景，旋開門之後充滿著劉艾珍片段的屋子裡卻獨獨缺了劉艾珍，我突然想起來這樣的風景並不需要想像，那個時候在楊修磊旋開門踏出之後我所看見的也是相同的風景。

從此我所能看見的世界就缺了楊修磊。

即使曾經能夠短暫碰觸他的存在，卻更因為那樣的曾經而更加明白自己的空缺，那個本來模糊可以別開眼的裂口，卻在擁抱之後憑著身體就能感知自己已經不再完整。

別開眼也沒有任何用處，只要閉上眼睛我就會看見你。

我輕輕闔起雙眼，再次張眼之後看見的是窗面所倒映的我以及楊修楷，我、以及楊修楷。沒有你。

「我會永遠待在楊修楷的世界裡。」

我會**永遠**待在沒有楊修磊的世界裡。

坐在窗邊我想著雨。因為天氣始終太好。

也許有一天，我會開始連雨的氣味雨的聲音雨的潮濕都從記憶中抹去。那麼我便無法穿透雨看見任何畫面。

□

楊修楷和劉艾珍的生活又逐漸架回預設的軌道，他的微笑他的聲音他的氣味他的擁抱，像預定計畫一般確實的疊蓋上原本在我心底的畫面，即使帶著一些拼湊一些片段還有一些模糊，卻開始充滿楊修楷。

我想很快的，關於楊修楷的一切就會掩蓋了起初的記憶。我的記憶力太過不好，因此只能看見眼前的楊修楷。

已經沒有人在乎這是不是謊言，也已經沒有人去質問這樣牽著手的彼此是不是應該在舞台上跳著舞的主角，我給出了我所唯一能給的永遠，他選擇了傾盡所有自己來愛著身邊的我。

「要出去走走嗎？」

「嗯？」看著楊修楷的溫柔微笑，伸出手緩慢的描繪他的弧度，「這樣的你的微笑，是不是一種勉強呢？」

楊修楷握緊我的手，「艾珍，對妳的微笑從來就不會是一種勉強。」

「但是我看不見真正的你，不管再怎麼努力看著你的雙眼還是什麼都看不見。」

「真正的楊修楷並不是一個完美的人……」

「修楷，以前你也這樣說過。」輕輕貼靠在他的胸口，聽著他規律的心跳，「我在乎的並不是完美的楊修楷，而是真正的楊修楷。」

楊修楷緩緩拉開與我的距離，毫不遮掩的直視著我，深邃的雙眼之中是太過濃烈的情感，並不單單是愛情，混雜著害怕哀傷不安與堅決，「看見了嗎？這樣的我是絕對不可能放開妳的手。我不在乎，任何事情我都可以不在乎，但是好不容易才讓妳願意走進我的世界，無論如何我都不可能鬆開手。」

「為什麼要是我呢？」

「因為妳是第一個只看見我的人，也是一個終於能夠走進我生命中的人。」

「但是如果我在你身邊，那樣的永遠之中同時也帶著另一份重量。」

不管我和他再怎麼努力說服自己說服對方，楊修磊都還是一個隱微卻不容忽視的存在。我和楊修楷的愛情之中所能得到的永遠，也同時含帶了我對楊修磊永遠的空缺。

「如果那份重量是妳胸口的空缺，那麼無論需要多少時間多少努力，我都會去填補它。」

「修楷……」

「艾珍，」他深深吸了一口氣，「在劉艾珍面前，楊修楷只是一個脆弱的人，我可以堅強的面對任何事情，但卻不包含對妳的失去。我很自私也很恐懼，並不能說是愛得太深，只是在我長久以來孤單的世界裡，好不容易出現一道溫暖的陽光，所以無論如何我都不想再回到過去那樣的無光而寒冷。」他閉上雙眼，滑落的晶瑩液體讓我的胸口感到劇烈的疼痛，「我知道妳給我的永遠是來自我的逼迫，但是在妳的永遠裡，會有我全部的愛情、全部的生命還有，全部的自己。」

我輕輕拭去他頰邊的水痕，在愛情之中我們都太過脆弱也太過恐懼，我已經給了楊修楷我的永遠，我想著、我已經給了楊修楷我的永遠，打從一開始我就已經決定要好好愛著這個人了。

「艾珍，我們結婚吧。」

□

我並沒有太多的猶豫就答應了楊修楷的求婚，事實上婚姻對我而言並不是一個特別的關係，然而卻是能夠清清楚楚斷清我們和你的界線。

對我而言重要的從來就只是身邊站的是哪個人，或者、不是哪個人。

楊修楷很清楚這一點，他要劉艾珍在任何形式上都是他世界之中的居民。

楊修楷用著心疼的眼光微溫的愛情包裹著我，就算意識上明白他的愛情其實和楊修磊一樣灼燙，然而他也了解無論是我或者他都是無法承受高溫的。

而這正是我之所以陷入楊修磊的愛情之中，與不得不抽離的理由。

我愛楊修磊。

在這個時刻終於我能如此承認，但在楊修磊世界裡的愛情是一種百分之百的奔放，所有的熱度所有的意念所有的他都一併向我衝擊而來，會被焚毀的，就算這麼對楊修磊說也沒有用吧。

因為這就是他的愛情。

每個人都是飛蛾，每個人都想趨近楊修磊，卻看不清試圖擁抱的動作之中也意味著毀滅；楊修磊說過我和她是同類，然而所謂的同類，在選擇了不同方向之後就已經註定成為兩個世界的人了。

「就算什麼都看得清清楚楚也沒有關係嗎？」

在應允楊修楷之前我這麼問。並不是想確認或者想退縮，而是我無法以謊言來建構一個沒有楊修磊的世界，無論我遷徙到哪個世界，已經鑲嵌在我身軀之中的楊修磊勢必會跟著移動，那麼仔細注視著我的楊修楷不可能看不見。

我說過我不會勉強自己，我這麼告訴自己，所以現在我告訴楊修楷，我、不會勉強自己抽離掉所有的楊修磊。

這是我所必須承受的代價。

但是楊修楷能夠選擇不要承擔。

「就是因為看得太清楚所以才不能放手。」我抬起頭望向沒有明顯表情的楊修楷，他拉起我的手放置在他的左胸口，「妳帶著妳的空缺，我的胸口也帶著我的空缺，正因為彼此都不完整才更需要對方的擁抱，我對妳的需要比愛情更多，而我所想給妳的，也不僅僅是愛情。艾珍，我不只希望妳能走進我的世界，而是希望那裡成為我們的世界。」

楊修楷開始積極的規劃婚禮。因為劉艾珍已經許下了永遠的承諾了。

餐桌上一樣坐著他冷漠的父親、不悅又有些激動的母親，還有壓抑著情緒卻還是透露著憤怒的楊修磊。

「修楷，你不覺得太快了一點嗎？你們交往還不到一年。」

「媽，這跟時間沒有關係。」

「媽還是覺得你應該要再考慮一下，再多交往一陣子再決定也不遲啊。」

「妳不是一直希望我快點結婚嗎？」

「但是，她不適合當你的妻子……」

楊修楷突然抬起太過銳利而堅定的雙眼，讓他的母親停下了所有話語，「我的妻子就只能是艾珍。」

「修楷——」

「夠了。」他的父親截斷他母親的聲音，「你想怎麼做就怎麼做吧。」

「老公……」她望向不再說話的沉默丈夫，最後再度轉向楊修楷，終究是沒有看向我，

「修楷……」

「媽。」楊修楷以不容反駁的堅定，「我已經在籌備婚禮了，所有的事情準備差不多之後我會再告訴你們的。」最後他的眼有意無意的掃過楊修磊，「無論如何我都會讓艾珍成為我的妻子。」

妻子。楊修楷的。

突然楊修磊猛然站起身，所有人的目光聚焦在他的身上，或許只剩下這種時刻我能夠毫不遮掩的直視著他，那張太過精緻的臉佈滿了憤怒，他抿起唇暴烈的盯望著楊修楷以及我，像是下一個瞬間就會爆裂。但終究是沒有。

沒有任何話語他甩頭便走出了所有人的視線。

留下楊修楷的阻隔他父親的皺眉他母親的不安與疑惑以及，我的愛情。

終於劉艾珍發現，自己的愛情並不是憑藉著努力就能夠遞送到楊修楷的世界裡，而是在到達不了楊修磊的世界之後，從此墜入深不見底的黑洞之中。

成為另一種永遠。

15

然而艾珍已經不是當初的小艾珍了，在一步一步往前進的同時，不僅開始學習如何不要傷害別人更重要的是如何讓自己不要受到傷害；於是終於明白，唯有在相同的人身邊才能夠安穩的肩靠著肩坐著。

「這就是你愛她的方式嗎？」楊修磊火爆的揪住楊修楷的衣領，「楊修楷，這就是你所謂的愛嗎？」

「你給得起她的未來嗎？」楊修楷並沒有任何動作也沒有任何動搖，就只是安靜的盯望著楊修磊，「你能給她你的永遠嗎？」

楊修磊能給劉艾珍他的永遠嗎？

然而看著楊修磊的時候，我所期盼的並不是永遠，而是他全心全意的凝視，從來我就不去想像永遠有多遠，所以在這一瞬間我所能擁抱所能抓握的，即使只是稍縱即逝的他，從幻滅的那一個定格開始，就已經成為另一種永遠。

楊修磊鬆開了他的手，滑落而至垂放的弧度劃過了我的胸口，突然他抬起眼穿過楊修楷直直的望向楊修楷身後的我，在凝滯之中我的呼吸也逐漸困難。

「我給不起你所說的那種永遠，」忽然他笑了，那樣的笑讓人感到太過疼痛，「但是永遠又是什麼？永遠就是一種幸福快樂？你所說的永遠值得讓每個人傷痕累累，又不得不反覆說著謊言才能成全？」

「楊修磊，這裡沒有你說的謊言。」

「是啊，楊修楷無論做什麼都很完美，當然包括謊言也要做到誰都看不穿，誰都相信她真的很愛你，她真的很想跟你一起走到永遠。」楊修磊斂下了所有笑容，帶著殘忍的目光劃過楊修楷也劃過我的胸口，「但是不管謊言說得再完美，站在中央的是最清楚真相的人，艾珍是最明白這件事的人，不是嗎？」

曾經和楊修磊站在謊言中心的我，因為承受不了那樣的重量而奮力逃脫，然而這次卻自願走入楊修楷的溫柔謊言之中。謊言。即使一度幾乎相信，然而因為楊修磊的笑容，使得那樣的幾乎一次又一次的崩裂。這並不單單只是「我愛著這個人」的謊言，同時交疊著「我不愛那個人」的謊言，所以我也只能閉上雙眼關起所有通道，想像著我真的很愛他。在我們的生命之中，有太多謊言下的世界比真實更加安全。

「楊修磊，在我跟艾珍的生活中，沒有你能踏進來的餘地。」

「餘地？我要的不是那種連喘息都不能的餘地。」幾近怒吼的他的聲音，在只有三個人的場域之中暴烈的迴盪。「我愛她。」楊修磊的目光太過逼迫，像頭困獸般猛烈卻又無能為力，「你聽清楚了嗎？我愛她，這是你一直想假裝沒有卻無法視而不見的事實。」

到底是什麼能讓那個一向任性妄為又無所畏懼的楊修磊像一頭困獸般劇烈的掙扎？

差一點我就要朝他走去了，然而站在原地的我所看見的並不單單只是楊修磊的痛苦與掙扎，還有楊修楷背影之中無法隱藏的恐懼與脆弱。

突然我好想逃離，就像當初奮力逃出楊修磊所建構的謊言一般，但是那是個只讓劉艾珍痛苦的謊言，這卻是一場讓他和他和我三個人都看不見日光的漫天大謊。

走不進卻也逃不了。

我們都被困在愛情的泥沼之中。

突然我想起來，一直以來的我都是在傷害的邊緣就預謀逃離，無論是在我身上或者他人身上的傷，因為在小艾珍胸口那道永遠無法填補的空缺太過無底，並不是劇烈的疼痛，而是一種空蕩蕩的荒涼感，比疼痛比哀傷比憤怒更加掏空我的生命。

然而膠著在原地的我卻因為無法踏進而傷了楊修楷，因為無法逃離而傷了楊修磊，因為想愛而不能愛而傷了自己。

到底為什麼會走到這裡？

到底為什麼會讓人前進後退都是傷？

我想起來了。

是因為劉艾珍一開始決定要好好愛著楊修楷。

但是愛情並不是能夠被決定的，但是在我終於明白這件事之前，就已經走到了三個人相互拉扯的局面了。

所以、是劉艾珍的錯吧。

因而我再也不能試圖對楊修磊伸出手，也不能試圖逃離楊修楷的世界。

因為這是劉艾珍自己做的決定。

「放了劉艾珍。」楊修磊猛然扯起楊修楷的衣領，「她給了你永遠的承諾，所以她不願意背離你，但是不放手的你不過就是為了你自己的私心，這根本就不是愛。」

楊修楷用力的甩開楊修磊，毫不留情的往楊修磊臉上揮出一拳，猩紅的液體緩慢卻刺眼的滑落，「楊修磊是懂得愛的人嗎？」

「我不懂，所以我才會看著她一點都不快樂卻沒有奮力帶她走。」

楊修磊也狠狠的在楊修楷的臉上留下他的痕跡，他的嘶吼穿刺一般撞擊我的胸口，他和他臉上手上的紅紫與溫熱已經太過疼痛，然而因為劉艾珍這個人在他和他的身軀之中，劃破的傷口應該正在潰爛流膿吧。

「不要再打了。」我的呼吸開始越來越劇烈，無論是楊修楷或是楊修磊，前後左右扯動的都是我心中的疼痛，「你們不要再打了。」

我拉著楊修楷的手臂，終於區隔開來的兩個人，不、三個人，楊修磊受傷的眼神並不是因為具體的傷口，而是我的動作之後，構成的畫面是我和楊修楷站在同一邊望著距離好幾個跨步那麼遠的楊修磊。

在楊修磊的凝望之中，我鬆開了雙手。垂落的瞬間，有些什麼也在我身軀之中摔成碎片了。

「艾珍快不快樂並不是你能夠評斷的事情。」

「評斷？」楊修磊諷刺的笑了，他的字字句句都太過尖銳，「這是我所能看見的事實。事實。事實就是不管你扯了多大的謊，覆蓋多少層假象，你越是努力卻是突顯你對事實的明白。」

一直凝望著我的楊修楷，說不定才是最傷最痛的那個人。

於是我又伸起了手，在呼吸與呼吸之後終於我用力拉住他的手臂，「我……讓我單獨跟楊修磊說一些話好嗎？」

楊修楷突然回頭望向我，帶著震驚以及更多的不安，深邃的深黑之中陷落的並不是我而是他自己的倒映，因為一直安靜站在他身邊的我，曾經短暫離開他的世界走進楊修磊世界的我，在自己的意識之外想像著楊修磊的我，正說著「我要走近楊修磊」這類的話語。

那是楊修楷最難以承受的「也許」。

然而任何話語都沒有從他喉中滑出，卻也因此我被更沉重的什麼給牢牢覆蓋，毫無遮掩的我望進楊修楷的眼，無論被看見什麼都無所謂了，只要他能讀到「我不會離開你」這個訊息就好。

……我要走近楊修磊是為了能永遠和你在一起喔。

我已經很努力很努力的傳達這個訊息，努力到連自己都能感覺到胸口被一次又一次戳出大洞一樣，但其實早就已經空蕩蕩的啊，所以不管自己或是其他人再怎麼用力的破壞，也早就已經是連自己都不敢張望的黑洞了。

因為劉艾珍已經給了楊修楷希望，所以無論如何都不能背離他，能夠讓自己得到期盼的對方同時也是最輕易就能讓自己陷入絕望的那個人。

終於楊修楷開口了。

「我到車上等妳。」他說，「我會等妳過來。」

我會等妳過來。

望著楊修楷逐漸遙遠的背影，在他的世界之中所看見的我，是不是也是這樣不斷的漂離？而楊修楷奮力的奔跑到我的身邊試圖讓我以為自己始終站在原地。

楊修楷一直都是很辛苦又很努力的愛著我吧。

然而他卻無論如何也不願意放手，因為空蕩蕩的世界之中終於能夠看見另外一個人的身影，終於注入了另一個人的溫暖與聲音。是這樣的吧。

不管是我或者楊修楷甚至是楊修磊都是一樣的。

唯一的差別卻也是足以阻隔永遠的差別是，楊修磊是能夠痊癒的。

到底為什麼能夠這樣認為呢？

不、因為是同類的關係。所以只要認真的凝望就能夠分辨，我和楊修楷沒有楊修磊的勇氣與信念，連百分之一都沒有喔。如果能用輕鬆的口吻這麼說的話。但事實上我跟楊修楷就連想輕鬆的這麼說都太過艱難。

但楊修磊卻可以打從心底這麼瀟灑的說出口。

這並不是楊修磊的錯，相反的這就是劉艾珍愛上楊修磊的理由。

然而艾珍已經不是當初的小艾珍了，在一步一步往前進的同時，不僅開始學習如何不要傷害別人更重要的是如何讓自己不要受到傷害；於是終於明白，唯有在相同的人身邊才能夠安穩的肩靠著肩坐著。

在對於因楊修磊而起的熾烈花火之中，我看見了心底最深處的渴望與瞬間除卻冰冷世界的溫度，然而正因為太熱，長久以來都忍受著低溫的我，漸漸的也開始適應了那樣的溫度，所以在溫暖的瞬間之後，便開始成為一種灼燙。

好不容易平衡的世界可能會因而融解或是被大火燃燒殆盡。

楊修磊想創造新的世界與新的平衡，然而我和楊修楷所選擇的路徑只要讓我們安安靜靜的待在原本的世界裡就好。

楊修磊用力扯著我大喊「妳不應該站在這裡的」，楊修楷卻溫柔的說「只要妳待在這裡就好」。

所以如果能夠承認的話，我是真的真的很愛楊修磊喔，但是我和他是不可能有所謂的幸福快樂，並且在痛苦的必然之中同時也意味著愛情的敗壞，無論如何我都不願意承受。

痛苦是能夠被忍耐的，但是愛情的腐敗與分解的同時也會分解了關於我和楊修磊的曾經。這是沒有辦法的，連想像都會發抖喔。我很想這麼輕鬆的對楊修磊說，但是張望著毫不掩飾自己痛苦的楊修磊，一邊跟著疼痛另一邊卻羨慕著的我一個字也說不出口。

所以現在的我，正踩踏在自己世界的邊界看著楊修楷也望著楊修磊。

「阿磊。」很久很久以後我會忘了曾經這麼喊著他的自己也說不定。

楊修磊斂下眼，他說過「劉艾珍的秘密我都知道」，所以這時候我想說出口的什麼他也早就明白了吧。但是只要還沒說出口，就可以不被承認，不管是楊修楷或是楊修磊，都在等著我開口以及不開口。

「我想過跟你一起逃亡。」楊修磊忽然抬起眼，他的雙眼帶著太過濃烈的情感，並不是期待而是明白在積聚之後那等著的爆裂，我說，「曾經。」

一度佔據我心思的小艾珍，拉扯著我奔跑至楊修磊的世界，得到了渴切的擁抱之後，小艾珍卻突然遲疑了，並不是後悔或是消卻而是遲疑，因為已經成為艾珍的我承載不了楊修磊的愛情。

就像一直很想要很想要的鋼琴買了之後卻發現自己的房間擺不下那樣。

那麼就只好買電子琴了。

突然有一天可能會這麼想，接著發現電子琴雖然不是心中最渴切的，卻一樣能夠彈奏出小步圓舞曲，雖然身體裡總是有一個部分空空的，始終帶著對鋼琴的想望，但是除卻那一個區塊，身體的每個部位都明白電子琴其實是最適合自己的。

想要的跟合適的往往是無法吻合的。

因為愛情不是童話不是電影也不是舞台劇。而是現實。

「但是我突然發現自己根本沒有辦法承受『我已經不愛你了』或是『你已經不愛我了』的可能性。光想像就會呼吸困難。雖然看著你的時候，可能感覺得到現在的你很愛我，而自己也很愛你，但在你身上卻看不見任何的下一秒鐘。」楊修磊想說些什麼，然而我的話語卻在他之前：「很多人大概會因為這樣更加奮不顧身的陷下去吧，差一點我就會成為那樣的人了，但我終究不是。你說過我們是同類吧，可是想一想好像又不是，在我放棄掙扎之後我就已經跟你不一樣了，並不只是放棄而已，是已經連『重新開始』都沒有辦法思考了。

「我一直都在逃避這件事。不是逃避現狀，而是逃避『自己已經不想掙扎了』這件事。終於能夠承認這件事情之後，接著不得不跟著承認的，就是『楊修磊總有一天會放棄扯動劉艾珍離開現狀』這件事。就算一開始磨損的並不是愛情，但是什麼都被一點一滴磨損之後，為了保護自己或是對方，最後也不得不拿出愛情來當作保護墊吧。修楷說他很自私，你也告訴我你很自私，但是我也是自私的。」

我深深的望著楊修磊，溫熱的液體無聲的從眼眶滑落，「我不只想保全我對楊修磊的愛情，我更想保全楊修磊對我的愛情。當楊修磊已經不愛劉艾珍的那一天，曾經的那份愛情並不是被磨損殆盡，而是完好無缺的被抽離並且密封。」

楊修磊在深深的呼吸之後，沒有留下任何話語，只有他的凝望與無盡的悲哀。

然後，突然下起雨了。

16

飛蛾撲火。但他身上的火卻太猛烈，不僅僅燒盡了他人的愛情，也可能燃燒自己想要的愛情。

這場雨持續了好長一陣子，因為是梅雨季的緣故吧，楊修楷總是一邊這麼說一邊將我帶離能夠看見雨的窗邊。

我想起那天。這場雨的開端，透過雨的縫隙所能看見的楊修磊的背影，正因為模糊而讓人不自覺的將所有心力都放置於視線之上，突然我想起來，當初他也是從某一場雨中走了進來。

是那時候愛上他的吧。

然而怎麼想也得不到確切的答案，唯一明白的是關於劉艾珍與楊修磊的愛情，句號落在這場雨的第一滴雨。

最後我還是沒有走到楊修楷身邊。

雨越下越大，絲毫無法移動的我帶著一片空白站在原地，沒有哭泣沒有表情也沒有任何情緒，回想起來是這樣，但我想說不定我只是忘了。我的記憶力一向太過不好。

從雨中快步跑來的是楊修楷，像是要掩蓋那個空白之中不容忽視的巨大句點一樣，用力的將我擁進懷裡。然後剩下雨的聲音和他的溫度。

他說著：「我說過，就算妳不過來，只要妳站在原地，我就會到妳的身邊。」

感覺著心痛安靜的靠在楊修楷肩上，平靜而安穩的呼吸和他輕輕的微笑，時常我很認真的凝望著他，想著眼前正在溫柔微笑的男人心底也有一塊是永遠無法彌補的空缺。並且是因我而起卻連我也無法填補的空缺。

然而他卻還是對我揚起太過溫柔也太過讓人心疼的弧度。

「這樣微笑很辛苦吧。」

「但是這樣的微笑能讓妳感到平靜吧。」他說，「妳也用著不同方式正在辛苦的做些什麼，不是嗎？我知道要將妳永遠留在身邊是需要付出代價的，但是我不會放手。艾珍，我已經分不清哪些是因為愛妳，哪些是因為害怕孤單，哪些又是因為不願意失去，但我想分不清楚更好，通通攪散在一起就什麼也分不開了。」

我想，楊修楷是在現實之中愛著我的。

但是常常在作夢的時候會出現一個模糊的輪廓，尤其是下著雨的這些日子，差一點、就只差那麼一點就能看清對方了，卻在突然的張眼之後看見映入視野的楊修楷，大概是他吧，這麼反覆的告訴自己，最後夢裡的對方就會成為他吧。

他曾經說過，閉上眼就能看見他，然而我卻總是在雨的縫隙之中隱約看見他的身影。最後卻只剩下被切割的畫面。

「修楷。」

「嗯？」

「你還沒見過我媽媽對不對？」

「找一天我們一起去見媽媽吧。」

我想了一下楊修楷的話語，他從來沒有間斷過他的努力，我媽媽和他口中的媽媽有著微妙的差異卻突顯了他正施力將我和他拉到「我們」。

我也已經分不清屋子裡的馬克杯究竟是他的還是我的了。總之他稱為**我們的**。

所以我想接著會開始有我們的窗簾、我們的家、我們的幸福還有我們的，愛情。

我輕輕的點了頭，我想成為「我們」之後的我和他，就能夠不那麼寂寞也不那麼寒冷了吧。

雖然，會有那麼一點心痛和那麼一點空蕩蕩。

□

媽媽的笑容還是定格在相同的弧度。

不管是第一次爸爸抱著墓碑大哭的時候、小艾珍已經不哭的那一天、當初楊修磊和我站在這裡的時候，或是這一瞬間當她看著楊修楷牽著我的手。

媽媽總是那樣笑著。久了我也開始相信，一直以來她都是這樣笑著的。

如果是媽媽的話，看著我和楊修楷以及楊修磊會說些什麼呢？

但這種問題已經沒有任何意義了我想，從來在艾珍的世界裡就是沒有選擇，或許也不是，因為艾珍一開始所選擇的路徑太過明白，因而並沒有選擇的空間，放棄掙扎的艾珍也塗去了所有會帶來掙扎的可能性。

並且能夠張揚的小艾珍在短暫甦醒之後，又決定闔眼。

那天爸爸牽起我的手，「修楷會帶給妳幸福的」，並不是很愉悅的音調但爸爸這麼對我說。

「幸福到底是什麼呢？」

爸爸看著我，大概嘆了一口氣又或許沒有，「我不知道。所以我所能想像的幸福，就是在修楷身邊的妳，能夠安心的微笑，而且他也會一直對妳微笑。大多數人想追的，都是轟轟烈烈或是會激起強烈情緒的愛情，但是在轟轟烈烈之後往往留下的會是比一開始更寂寞的寂寞，而且在愛情燃燒完之後，因為太快也太斷然，所以沒有時間讓人準備永遠。艾珍，爸爸不能果斷的說妳愛不愛修楷，但是至少妳是放不下他的，爸爸也只是希望有個人能好好照顧妳而已。」

我是放不下楊修楷的。

爸爸的聲音交錯在我對楊修楷的凝望之中，在這場拉扯的愛情之中，最模糊的其實是我自己的畫面。

「艾珍跟媽媽長得很像呢。」

「嗯？」

花了一段時間才拉回自己的思緒，不知道從什麼時候開始，楊修楷再也不問「在想什麼」這樣的問題，而是用著溫柔的微笑和雲淡風輕的話語將我拉回他的身邊。

有我在身邊的楊修楷，是不是因為這樣更加不安和恐懼呢？

「如果妳能這麼放心的微笑，一定會更耀眼的。」

「其實我、記不太住媽媽的長相。」

「那也沒關係，我想在妳心中的媽媽，就算沒有了清晰的長相，也還是一個溫暖的媽媽吧。」

「為什麼能夠這麼堅定的說呢？」

「因為那是我的希望。」我抬起頭望向身邊的楊修楷，還是他輕輕的微笑和深深的目光，「我相信在艾珍的心底有的並不是空缺，而是溫暖。」楊修楷拉起我的手，輕輕貼放在他的胸口，隱隱約約的他的心跳，「在我心底的劉艾珍並不是空缺，而是溫暖。」

突然我的身軀之中有些什麼在那瞬間一擁而上，無法遏制的我開始哭泣，並不是安靜的讓淚水滑落，從來我就相信哭泣是無用的動作，然而在這一秒鐘站在楊修楷面前的我，手貼放在他胸口卻開始劇烈哭泣。

……在我心底的劉艾珍並不是空缺，而是溫暖。

但是楊修磊卻是我身軀之中永遠無法被填補的空缺。但是帶著微笑的楊修楷卻是我必須不斷填補的裂口。但是以為自己可以承受的我卻根本連壓抑都是艱難。

但是楊修楷對我說，在我心底有的是溫暖而不是空缺。

既然能夠被這麼說出口，就能夠這麼相信著吧。

很多事我們都知道那是謊言，卻因為相信才能得到幸福所以我們開始反覆訴說。

□

楊修楷並沒有讓婚禮籌備有任何的停擺，於是我的日常之中開始多了關於婚禮的話題與聽說，當站在鏡子前凝望著穿著白紗的自己，突然分辨不出那是真實還是一種想像。

「沒想到艾珍居然這麼快就要結婚了。」

「而且還是這麼棒的男人，」表姊邊整理著我的裙襬，邊帶著微妙的笑容，「變成阿磊的大嫂之後，妳會介紹我們認識吧。」

阿磊。突然我看著表姊畫面出現短暫的空白。楊修磊。空白之中出現的是他那張太過精緻的臉。

「這樣很奇怪耶。」

我想琳亞沒有忘，我是「阿磊前女友」的這個虛構，還是一個秘密。眾人眼裡的真實。然而類似的話語不久之前琳亞也在我的身邊說過，楊修磊的存在就是會讓人忘卻所有阻礙往他奔去。飛蛾撲火。但他身上的火卻太猛烈，不僅僅燒盡了他人的愛情，也可能燃燒自己想要的愛情。

「哪裡奇怪？反正阿磊也不會介意那麼多吧。」表姊所考慮的是楊修磊並不是我，「不過他為什麼又突然不去深藍啊？真是越神秘的男人越吸引人耶，他這樣消失兩次之後，我身邊的女人對他就更加注意了。」

我再度低下頭，專心的盯望著白色的裙襬，沒有我的聲音琳亞和表姊還是能夠流暢的接續話題，或許正因為沒有我的插入才能如此流暢。現在的我，是沒有辦法流暢的談論楊修磊的。

□

從那天之後我再也沒有見過楊修磊。

就像是突然消失一樣。

不只是他的行蹤，在我跟楊修楷的生活裡，關乎於楊修磊的部分也像被掏空一樣，只要不去注意身體裡開始陷落的那個部分，就像是楊修磊從來沒有出現過一樣。

並不是想抹滅楊修磊的存在，雖然曾經這麼打算過，然而在那場雨之前毫不保留的對楊修磊說出心中的感受之後，我只是暫時沒有辦法承受「楊修磊」這個存在罷了。

楊修楷說過的，在我和他的愛情要成為我們的愛情之後，勢必要付出一些代價，而我所必須付出的代價，就是在給楊修楷的永遠之後，附帶著對楊修磊永遠的空缺。我只是還需要一點時間去學習承受那樣的陷落。

「但是婚禮他應該會來吧。」琳亞的聲音用力的撞擊在我的胸口。「艾珍？怎麼了嗎？妳臉色有點難看耶。」

……楊修磊會參加我和楊修楷的婚禮。

「我沒事，大概只是最近有點累。」

表姊很輕易的就接受了我的理由，「結婚都是這樣吧，有一大堆事情要忙，妳先坐一下吧，婚紗也試得差不多了。」

「嗯。」

才剛坐下表姊的話題又繞回了楊修磊。

「欸，到時候我們應該會和阿磊坐同一桌吧，我先說好我要坐他旁邊。」

「妳真的很討厭耶，就算坐在他的大腿上，他要是喜歡妳早就有所表示了啦，他又不是那種溫吞男。」

「作作白日夢不行嗎？就算是近距離看著帥哥也好啊。」

「妳……」

「妳們在聊些什麼？」楊修楷的聲音打斷了琳亞和表姊的交談，抬起頭就看見他溫柔的微笑和只投向我的目光。

「沒什麼啦。」

琳亞不安好意的看了表姊一眼，「與其跟艾珍說，拜託修楷不是更有用。」

「拜託我什麼？」楊修楷走到我身邊，將手輕輕搭在我肩上，他總是會以各種形式表現出「我們」。並不是一種宣示，而是要提醒我。他在我的身邊。

「她想預約阿磊旁邊的座位。」

我感覺到微微的震動從楊修楷的手傳來，我並沒有轉頭張望，只聽見他一貫和緩的聲音，「我想他只會參加儀式吧。很難要他安分的跟大家一起坐在餐廳裡吃飯吧，他最不喜歡這種場合了。」

「是喔。」表姊帶著失望的聲音回應楊修楷，「算了啦，這也不是重點啦。」

琳亞扯了扯表姊的手，對修楷說：「外面有些東西還要再確認一下，你就先在這邊陪艾珍吧，她最近好像有點累。」

「好，謝謝妳們。」

□

「很累嗎？我是說婚禮。」

我搖了搖頭，拉下了他的手握在我略顯冰涼的掌心之中，並沒有多說什麼，但只是這樣細微的動作就能夠換來楊修楷些許的安心與微笑。

「抱歉，只要再辛苦一陣子就好了，老實說我也不知道婚禮辦起來這麼累人。」楊修楷蹲在我的面前，輕輕摩擦著我的臉頰，「婚禮之中有些需要妳忍耐的地方，我想會很辛苦，但是、想放棄之前記得，我在妳身邊，無論如何我都在妳身邊。」

他指的是楊修磊。

「嗯。」我握住他停留在我頰上的手，深深的吸了一口氣又緩慢的吐掉，「……他、會來嗎？」

楊修楷愣了一下，並沒有刻意掩飾眼中的情緒，帶有一點抗拒一點不安還有更多的期盼，「他是我的弟弟。」

但是楊修磊可以不出席。

差一點我就這麼說出口了，然而我想他終究會出現的，因為這就是楊修磊愛情之中的熾烈與殘忍，他不會壓抑也不會隱藏，而是毫不保留的投遞到對方身上。

「艾珍，」楊修楷嘆了一口氣，接著緩緩的說：「或許他不會來。不管是站在什麼立場，我都希望他不要出席，所以我告訴他婚禮的日期和地點，並沒有要求他來或者不要來。」

這是第一次楊修楷這麼清楚的提起楊修磊。

「修楷，」我深深的望進楊修楷的雙眼，「楊修磊……他、不管他有沒有出現，我都已經決定要站在你身邊了。」

楊修楷輕輕將我擁進懷裡，沒有語言沒有聲音沒有凝望就只有深深的擁抱。

17

即使隔著那麼遠依然能夠清楚的感受到他所散發的氣息，他的憤怒他的悲哀他的無力與他的愛情，我想他又毫不在乎的從雨中走來了，其實我一直很想告訴他，這樣的他太讓人揪心。

這是一場婚禮。

好不容易放晴的天氣卻在換上禮服的時候又下起了雨，並不是綿綿細雨而是猛烈的大雨，看著雨怔忡的我在琳亞的聲音之前還沒有意識到這是場自己的婚禮。看見雨的時候很容易會產生一片空白。

看著琳亞的笑容聽著表姊的聲音，低下頭看見的是拖曳的白紗，我想起來這是楊修楷和劉艾珍的婚禮。

「雨怎麼突然下那麼大，不過沒關係啦，反正是梅雨季嘛。」

「嗯。」我並不介意天晴或暴雨，在我跟楊修楷的婚禮裡即使陽光閃耀，我還是不得不看見雨。

「但是怎麼都沒有看見阿磊？」表姊的疑問撞擊在空白之後，是嗎，楊修磊並沒有出現在這場婚禮中嗎？

我分辨不出自己的心思，就像當初希望從他那邊得到答案卻又不願意聽見從他口中說出的答案一樣，我期盼他的身影出現在婚禮之中，卻也祈禱他不要踏入這場儀式。

在成為楊修楷的妻子之前，我體內自私的那部分還期盼能夠用純粹劉艾珍的存在記憶楊修磊的身影。

然而我也太過明白，單單踏進這場婚禮對楊修磊而言就已經是一種鞭笞，並且要他目擊著我允諾楊修楷永遠，太過殘忍。

即使堅定的相信著楊修磊終究能夠痊癒，我也無法忽視他所必須承受的疼痛。

「不可能不來吧，畢竟是他哥哥的婚禮啊。」

「阿磊做出什麼事情都不奇怪不是嗎？剛剛也聽見他媽媽在打電話給他，但好像打不通的樣子。」

「是喔。」琳亞應了一聲，「反正婚禮的重點是修楷跟艾珍啦。」

我突然想，這場婚禮並不是為了楊修楷或者我而舉辦，更不是為了任何一個出席的人而進行宣誓，這場婚禮是為了楊修磊而辦。楊修磊並不是那種對方成為另一個人的妻子就會在乎的人，但我即將成為的是他哥哥的妻子。

這是三個人之間最殘忍也最幸運的一件事。

如果不是這樣的話，楊修磊是不會鬆手的吧。並不是只有愛情才能讓人得到幸福，如果這麼對他說，我想楊修磊一輩子都不會接受的，在楊修磊的世界之中，所需要考慮的只有愛以及不愛，其他的幸福快樂現實綑綁價值社會體系，對他而言一點意義都沒有吧。

這就是楊修磊和我與楊修楷最大的差別。也因此三個人之中唯有他能夠痊癒。

因為是那個楊修磊啊。

我能夠這樣告訴自己吧。

因為、是那個無所畏懼又任性妄為的楊修磊啊。

所以在轉身之後他也能夠毫不留戀的割捨掉身軀之中任何有關於劉艾珍的部分吧。

□

雨聲好大。

出席婚禮的人並不多，露出欣慰微笑的爸爸、溫柔凝望著的阿姨還有對我偷偷眨了眼的志剛哥；楊修楷的父親還是一臉冷漠，他母親臉上也是壓抑不住的不滿，還有一些人的祝福感嘆與問號，混雜著複雜情緒的婚禮一切的聲音都消弭在楊修楷堅定的眼神之中。

這個男人是會奮不顧身也會保全在他世界之中的我的人。

某種意義上而言，我們也就只剩下對方了。

其實我的意識是漂離的，所有的動作都很輕易的就能在其他人的引導之下進行，視線的餘光不自覺的尋找著人群之中的某道身影。他終究沒有出現。

順著高亢的嗓音我唸出「我願意」。身體裡正不斷陷落的那個部分一口氣全部塌陷了。沒有聲音甚至沒有震動但卻異常清晰的感受到那些崩塌的什麼已經永遠無法被重建了。

我斂下眼看著自己伸出的手，以及閃耀著光芒的戒指，緩慢的、太過緩慢的被楊修楷修長的手圈套而住，鼓譟的群眾與無名指瞬間的異物感，某些什麼已經被完成了。

抬起眼的時候我看見楊修楷滿足而安心的溫柔微笑，跟著扯動嘴角的動作之中那道身影卻映入我的視野，在我意識到之前就已經轉頭張望藏匿於群眾之中的他。

即使隔著那麼遠依然能夠清楚的感受到他所散發的氣息，他的憤怒他的悲哀他的無力與他的愛情，我想他又毫不在乎的從雨中走來了，其實我一直很想告訴他，這樣的他太讓人揪心。

那個時候從雨中朝我走來的楊修磊太過孤獨。

遞給他面紙的時候，雖然知道一點用處也沒有，但還是試圖以任何形式從自己身上遞送一些溫暖給他，如果能讓他感受到就好了，當初的我是這麼想的，所以楊修磊深深的盯望著我之後終於接下了面紙。他接下的並不只是面紙。

他一直在等我開口吧。

因為那個時候的楊修磊是沒有辦法給出任何言語的。

並不是每個孤單的人都會索求溫度，楊修磊收下面紙的那瞬間，如果我能夠說些什麼的話，現在的我就會站在他身邊吧。很早以前、在自己願意承認之前我就已經知道了，不僅僅是我，無論是楊修楷或是楊修磊都很輕易的就能知道結局。

於是在我的沉默之中轉身離去的他，我明白無論說些什麼最後楊修磊還是會像這樣消失在雨的畫面之中，無論愛得多深付出多少最後就只會是轉身離去。只要他還是那個楊修磊。

但如果他不是那個楊修磊，那麼也就不會讓我這麼拉扯。所以這是誰都無能為力的事吧。

那場雨之中，劉艾珍決定要好好愛著溫暖而堅定的楊修楷。

一切都是從那裡開始的。

然後，一切都要從這裡結束。

我想楊修楷必然發覺了楊修磊的出現，他握緊了我的手讓我將視線移回他，他輕輕的說：「艾珍，我在這裡。」

楊修楷在這裡。

我已經跟楊修楷一起站在這裡了。

突然我的胸口湧生一股隱約的疼痛，並不劇烈卻開始蔓延到全身，每一吋肌膚每一個呼吸每一個心臟跳動都是拉扯，我想著，站在那裡的楊修磊絲毫沒有移開目光，逼迫自己目擊著我走進楊修楷的世界。

楊修楷在我唇上留下一個輕輕的吻，不知道什麼時候劉艾珍成為楊修楷妻子的話語傳進我耳中，然而我的腦海中留下的卻是楊修磊的殘影與聲音。

……因為我看見妳了。

如果這時候他不要看見我會不會比較不那麼痛？

……跟你說一個秘密。

……什麼秘密？

……其實劉艾珍很愛很愛楊修磊。

……我知道。

……這明明是秘密。楊修磊怎麼會知道呢？

……只要是劉艾珍的秘密，楊修磊都會知道。

那麼楊修磊也會知道這一刻在我心中的秘密吧。

你會知道的，對吧？

在楊修楷拭去我眼角的水氣我才發現自己的淚水已經太重，順著他的指腹滑落，他的溫度我的溫熱太難被分辨，一片模糊之中我只看見楊修磊的轉身。

終於他還是走進這場雨。

他的身影消卻在雨的畫面之中。這場雨下得實在太大。

……在這場雨停之前，劉艾珍都還是待在楊修磊的世界裡。

……妳現在在這裡。

然而那場雨終究是停了，所以這場雨很快、很快也會放晴吧。

突然我想起來，走進雨中的楊修磊會被淋得濕透，那時候遞給他的面紙也早已沒有用處，只要他還在雨中行走就什麼也沒有用，因為這裡沒有人記得帶傘。

我努力不要眨眼，在雨的縫隙之中楊修磊的身影已經太難辨識，但是越是努力雙眼就越加模糊，就連楊修楷緊緊握住我的手也無法讓我別開眼。不得不這樣記住他的背影吧。

楊修楷將我擁進懷中，用他的懷抱阻卻了所有目光，我的腦中只剩下雨的畫面與楊修楷的味道，他說：「艾珍，我在這裡。」

現在劉艾珍和楊修楷一起站在這裡。

終於我將視線移到了楊修楷身上，他的雙眼映出我的輪廓，為什麼他能夠這麼近的凝望這樣的我呢？

「……這樣會被淋濕吧？」他。

「他會回家換上一套乾爽的衣服。」

或許這正是楊修磊之所以成為那個楊修磊的理由，他不會一直站在雨中，而會走出這場雨。

所以我等著雨停，楊修磊卻能夠離開這場雨。

「雨還會下多久呢？」

「總會放晴的，在那之前我都會一直在妳身邊。」

……我不會記住妳。

我不知道那場雨到底下了多久，只是在那樣的水氣之中在我體內開始蔓延的，並不單單是某個人或是某份愛情的殘餘，還有某些關於意識的破碎與重整。

等我發現的時候雨已經停下，雖然還沒放晴但確實已經不再落下雨。

楊修楷對我說，某些空缺是不需要被填補的，因為那些空缺的意義就在於它的空缺。

所以等到真的放晴那一天，我就能好好的將那些沒說出口的說出來吧。

18

阿磊：

一直不知道該怎麼開始這封信才好，所以動筆了很多次，也放棄了很多次，但我想不管多少次我都沒有辦法找出一個適切的開始吧，所謂的開始這種東西，其實是很突兀的。

從那天之後已經過了好久，五年還是七年，確切的時間我記不清楚，我的時間感在關於楊修磊的這個向度就一點用處也沒有，我只記得我已經很久很久沒有見到你了。你好嗎？雖然很想這麼問，但我並沒有接受答案的準備，或許也不是，是我根本還沒有辦法這麼輕鬆的說出口；關於楊修磊的任何問號，比任何人身上的任何問號都還要巨大，並且更加難以回答。不管是肯定或者否定，我想問題的本身就不應該被回答。

我只想告訴你我很好。雖然心底有一塊地方空蕩蕩的，但我真的過著幸福的日子，聽起來很矛盾，但因為是你所以我想你會明白，現在的我就是帶著空蕩蕩的部分然後過著幸福的日子。好不容易我才能流暢的寫出句子來，但現在的我也還是沒辦法流暢的談論起楊修磊，努力想要寫信的事情修楷也知道，在那天之後，我們就很努力不要隱藏什麼。

關於你的訊息都來自修楷，例如你從這個城市遷徙到另一個城市，或是寄來一張只有署名什麼都沒有的明信片，偶爾會在談論之中出現你的名字，我跟修楷都不想掩蓋有你的曾經，因為無論是他或者我，身上都已經必然要帶著包含你的永遠。

表姊曾經問過我，我還愛不愛你，她始終認為我和你說過的那個謊言是真的。我忘了那時候自己說了什麼，但是對於你的感情並不能簡單的以愛或者不愛進行區分，對你的愛情從來就沒有消弭，連磨損也沒有，因為是在最完整的時候就被定格在某一個畫面了。事實上也沒有必要去思考這個問題了，因為楊修磊就是我的空缺這件事，我和修楷都已經坦然接受了。

但是那時候的我是真的很愛你，並不是要撩撥或者得到你對我選擇放棄的諒解，但我也不知道該怎麼闡述，就只是堅定的相信你會明白。那時候的我以為自己很愛你，到了終於能夠整理清楚之後才發現，自己比以為的還要愛你，正是因為這份連自己都看不見底的愛情，衍生出的力量讓我一動也不動的站在原地，你知道嗎？你就像一團熾烈的火，而我們每個人都是飛蛾，所以都奮不顧身的想撲向前，但是在投身的同時自己和自己的愛情也一併被燃燒殆盡，如果我也這麼毅然決然的撲向前，連你的愛情也會一起被燒毀的。

你說過你很自私，修楷也這麼說過，但我也是一個自私的人，所以我不僅僅想保全我的愛情、你的愛情，更想保全你對我的愛情。

因為是同類的關係，能夠清楚看見我的你，同樣的我也能夠以自己的方式看見你。

你說過，你不會記住我，楊修磊是從來不會說謊的人，所以我想關於我的記憶已經一點一滴的在你的生命之中消弭，當楊修磊已經不愛劉艾珍的那一天，曾經的那份愛情並不是被磨損殆盡，而是完好無缺的被抽離並且密封。因為關於我的愛情，或者你的愛情，僅有些微交錯的我們的愛情，都在最完整的那一瞬間被凍結了。

我曾經想要不顧一切的跟著你走，雖然那個時候沒有辦法好好的對你說，但是那同時是我愛你以及我不能愛你的理由。

看著你的時候，除了期盼之外還混著一點悲哀，越加凝望就越明白已經動彈不得的自己，我想逃離然而放棄卻是我所做的選擇，並不是被迫所以更加難以掙脫，如果跟著你走的話，我想總有一天你會發現，你所愛著的那個艾珍會逐漸扭曲成為一個你難以再愛的人，無論如何我連想像都無法承受這樣的可能。

至少，在我的生命之中還能保有那個瞬間的你以及自己。

在我身軀之中關於你的空缺並不是零散像是碎片一樣，而是擁有完整輪廓、清清楚楚就能知道那是屬於你的空缺，這是我所必須承受的代價，也是我所能保留的當初。

好不容易才能這麼描述出來，我只想盡可能用輕鬆的口吻對你說，我很好。真的。

因為當初那個謊言說得太過艱辛，所以我再也不說謊，但我想從我口中說出的謊言對你一點用處也沒有，因為關於劉艾珍的秘密，楊修磊很輕易就能看穿了。

我一直很擔心被雨淋濕的你會不會感冒，但是你還是痊癒了。在我的期盼之中也在我的期待之外，楊修磊的一切一直都是這樣的。

如果有一天——雖然我想現在還是沒有辦法，但我想有一天我能好好的對你說，謝謝你曾經走進我的世界，並且讓我也走進你的世界。

艾珍

The End

後記

故事的起點在澳洲，帶著艾珍的愛情我遷徙到新加坡，最後在台灣劃下故事的句點。或許正因為如此，無論是艾珍、楊修楷或者楊修磊，三個人的愛情都以各自的方式飄蕩著。

最後，相遇。

然而三個人的愛情，註定有一個人落單。

寫這個故事的時候我的心很痛，不只是因為陷入更是因為角色隱微的體現我身軀之中含藏的某個部分。

我們都是脆弱的，但每個人都以不同的方式體現自己的脆弱，艾珍努力的不要讓自己成為任何一個人的空缺，楊修楷緊緊地抓住好不容易踏進他世界裡的艾珍，楊修磊以暴烈的情緒試圖將艾珍拉出重重阻礙的灰黑世界。

為什麼最後艾珍不是選擇衝破阻隔，而是決定安靜的站在灰色的世界裡呢？

我想不必有太多的解釋，無論是你或是他和她其實都是明白的。

就像艾珍一樣，我們想趨近那道狀似可以讓自己跨越的火焰，然而光是目光的膠著就已經感到灼燙，飛蛾撲火到底留下的是灰燼還是我們殘缺的愛情？

說到底，愛情讓我們勇敢，卻又讓我們永遠都不夠勇敢。

Sophia

All about Love ／ 05

我們之間，隔著名為愛情的距離

國家圖書館出版品預行編目資料
我們之間隔著名為愛情的距離／Sophia 著.
— 初版. — 臺北市 ： 春天出版國際, 2011.06
面； 公分. —（All about Love ；05）
ISBN 978-986-6345-85-2（平裝）
857.7

ISBN 978-986-6345-85-2
Printed in Taiwan

作　者　Sophia
封面設計　克里斯
內頁編排　三石設計
總編輯　莊宜勳
企劃主編　鍾靈

發行人　蘇彥誠
出版者　春天出版國際文化有限公司
地　址　台北市信義路四段458號3樓
電　話　02-7718-0898
傳　真　02-7718-2388
E－mail　frank.spring@msa.hinet.net
網　址　http://www.bookspring.com.tw
部落格　http://blog.pixnet.net/bookspring
郵政帳號　19705538
戶　名　春天出版國際文化有限公司
法律顧問　蕭顯忠律師事務所
出版日期　二〇一一年六月初版一刷
　　　　　二〇一九年四月初版四十刷
定　價　180元

總經銷　楨德圖書事業有限公司
地　址　新北市新店區寶興路45巷6弄6號5樓
電　話　02-8919-3186
傳　真　02-8914-5524

印刷所　鴻霖印刷傳媒股份有限公司

05

All about Love

05

All about Love